実話コレクション

呪怪談

小田イ輔 著

竹書房文庫

目次

お墓がある

秋も深まった頃のこと。

その日、Dさんは酔っぱらった状態で帰路についていた。

「友達の家でしこたま酒を飲んだ後でした、いい具合に気持ちよくなってて」

自宅へは二十分程の道のり、酔い覚ましには丁度いい距離だと思ったそうだ。

フラフラと、おぼつかない足取りで夜道を進んでいると、目の前にお墓がある。

「住宅地の、道路のど真ん中にお墓が立ってました」

何だコリャ？　と思ったが、酔っぱらった頭には複雑すぎる状況だった。

街灯に照らされたそれを、まじまじと観察。

赤茶けた錆《さび》のようなものが浮いた、汚らしいお墓。

「そんで、それ見ているうちに、洗いたくなっちゃって」

遠くにぼんやりと光る自動販売機まで歩くと、ミネラルウオーターを数本購入。

「水を、お墓にかけて」

赤茶けた汚れを落とすべく、水で濡らした墓石を指でこすっていく。

汚れは、流しても流してもなくならない。

墓石から染み出して来るが如《ごと》く、次々と溢《あふ》れて来る。

「酔っぱらってたんで、どれくらいそうしてたのかは覚えてないんです」

ある程度満足するまで墓掃除をしていたハズだとDさんは言う。


次の日、奥さんに揺さぶられ目を覚ました。

「すげえ真剣な顔で睨《にら》んでくるから、どうしたのかと思って」

奥さんは「昨日、喧嘩でもしたの？」と厳しい声で問いかけて来る。

もちろん、喧嘩などしていない。

その旨を伝えると「ちょっと見せて」と、今度はDさんのシャツを脱がしにかかる。

「何？　何なの？」と問うたDさんに向かって「これ」と奥さんが広げて見せたのは、彼が昨日着ていたシャツだった。

「血がついてたんですよ、かすれたような渇いた血の跡がけっこう沢山《たくさん》」

そこで、昨日の夜のことを思い出した。

「そう言えば、酔っぱらって墓の掃除をしたなと思って」

しかし、冷静になって考えてみれば、何から何まで不可解な記憶だった。

道の真ん中に墓があったこと、それを何故か無性に掃除したくなったこと。

そして実際に、掃除をしたこと。

「仕方ないから、嫁には思い出したままを話して……」

わけのわからないことを話すDさんを、呆れ顔で眺める奥さん。

「どう話しても信じてくれないから、じゃあ行ってみようって」

訝《いぶか》しがる奥さんを連れて、昨晩のお墓の所まで来ると――。

「タヌキが死んでました」

車にひかれでもしたのか、お腹の部分が破けた狸が一匹横たわっていた。

その横には、昨晩Dさんが購入したミネラルウォーターのペットボトルが三本。

「血まみれのまま内臓とか飛び出しててもよさそうなもんなんですけどね……」

狸の死体は状況に見合わぬほど綺麗で、まるで誰かに整えられでもしたかのように整然と横たわっていたという。

よっちゃんの店

G君の暮らす町には当時コンビニが無かった。

今では考えられないが、つい二十数年前まで僻地《へきち》の町ではそれが普通。

「まあ、昔からある小っちゃい商店で間に合っていたしね」

できればできたで便利だが、無ければ無いで問題も無い。

当時の価値観ではその程度のもの。


G君が贔屓《ひいき》にしていた商店は、通学路の途中にあった。

主に扱っているのは酒で、それに混じって生活用品や菓子パンを売っている。

地域に根差している分、地元民には融通が利いて便利だが、外からやってきた人にはなかなか入り難い店構え。

店主は四十代の気さくな人物で、当時高校生だったG君にもフレンドリーに接していた。

「よっちゃんっていうんだ、オッサンだったけど俺らはそう呼んでた」

その店は雑誌の取り扱いも行っていて、当時は街場の本屋まで行かないと買えなかった週刊漫画誌を彼のために取り置きしてくれるなど、G君にとってはありがたいサービスもしてくれたので、何かと言えば理由をつけて寄っていた。

そのよっちゃんの店が、移転するという。

「国道沿いの、車通りが多い方に移るんだって」

もっとも、今ある店の場所からはそう遠くなく、G君が利用する分には特に問題はない。

しかし、その「移転先の土地」が問題だった。

「よっちゃんこれダメだよって、有名なんだからって言ったんだけど……」

その土地はいわゆる事故の多発地帯に沿っており、これまで何度も死亡事故が起きていた。

見晴らしのいい直線道路のはずなのに、何故か大きな事故が起きる。

その後には、御多分に洩れず幽霊の目撃談が相次いだ。

「あそこ呪われてるよなって、俺らの間では評判のスポットだった」

そんな場所に移転したら何が起こるかわからない。

G君はG君なりに心配して、よっちゃんに詰め寄った。

「そしたらさ『あの辺に夜でも明るい店があれば、事故だって減るかも知れないだろ』って言うんだよね、よっちゃん。商売だけじゃなくてそんなことまで考えてんのかって」


計画通り、よっちゃんの店は国道沿いにオープンした。

某コンビニチェーンを真似たような、小奇麗な店構え。

駐車場も広く取り、以前に比べれば利便性は格段に増したといえた。

しかし結局、幽霊の目撃談が相次ぐこととなる。

「そりゃそうだよ、それでなくてもそういう期待を抱かせるような立地に店出したんだからさ、何も無くても噂は立っちゃう」

店先に影のようなものが立っているとか、トイレの鏡に血まみれの女が映るとか。

「『店の中が薄暗い』っていうイチャモンみたいな噂もあったな」

しかし、それらの噂が功を奏して、店は逆に繁盛した。

幽霊見たさでわざわざ夜の時間に買い物に来る客が増え、結果的によっちゃんが目指した通りの『夜でも明るい店』が出来上がった。

予想通りの事態に心を痛めていたG君も安心し、わざわざ夜中に買い物に出かけたこともあったそうだ。

「十一時までの営業だったから、九時とか、風呂上りにジュース買いに行ったり」

そんな、何度目かの夜。

自転車で店に向かい、小走りで店のドアを潜って中に入った瞬間、ゲラゲラと楽しそうな笑い声が聞こえた。

なんだと思い、店の中を一通り回ってみるが、数人の客が静かに商品を見ているだけ。

「こりゃ、マジで幽霊じゃねぇのって」

他の客が店を出るまでウロウロし、よっちゃんに声をかけた。

「さっきすげえ笑い声が聞こえたんだけどって。そしたらよっちゃんがさ『ああ、やっぱりわかる人にはわかるんだね』って言うんだよ」

どういうこと？　G君が食いつくと、よっちゃんは店のバックルームに彼を案内した。

「酒がさ、コップに注がれた状態で並んでんの。日本酒、多分高いやつ」

開店当初は、店が揺れたのだという。

「地震でもないのに、ガタガタって凄かったんだって。国道沿いだからトラックなんかが走った時にそうなるのかなと思っていたらしいんだけど、どうもそれとは関係なく揺れる」

次に、店内の酒瓶が割れだした。

「落っこちるとかじゃなくて、棚に並べてるそのままの状態でビシッとヒビ割れてしまうんだって言ってた」

もともと、土地の曰《いわ》くは知った上での開店だったこともあり、よっちゃんは知恵を絞った。

「その結果が、この酒だって言うんだ。酒飲みたいから酒瓶割るんだろうって思ったらしい、そんな単純な話があんのって笑ったんだけど」

効果はてきめんだった。

「店は揺れなくなるし、酒瓶は割れないしって言うんで、毎日のようにテーブルに酒を注いで置いてるんだって」

こればっかりは噂じゃなくて本当のことだから黙っていて欲しい。

よっちゃんはそう言ってG君に千円札を握らせた。

「そんでこっからがさ、俺も驚いたんだけど」

なんとよっちゃんは、半年足らずで店を畳んでしまったのだそうだ。

「あれだけ繁盛してて、何でって思ったら」

ある人物が、よっちゃんの店を買収しようとしたらしい。

「店の繁盛具合を見て声をかけてきたんだって、土地が目当てだったみたいで」

よっちゃんは、その人物にさっさと土地と店舗を売り払うと元の場所で元の商売を始めた。

「結構な金になったみたいよ、車買ってたし」

それにしても、せっかく軌道に乗った店舗を簡単に手放すというのは解せない。

G君は、またもよっちゃんに詰め寄った。

「そしたらさ『あそこやっぱダメだ』って言うんだよ」

どうも、酒では抑えが効かなくなってしまったらしい。

「何があったのかは、詳しく教えてくれなかった。だけど『俺、痩せただろ』って、確かにゲッソリしてきてたから、そうだねって言ったら『そういうことだよ』って」

言った後、よっちゃんは、何事か考えるようにして、G君に一万円札を握らせた。

『今のは口が滑った、忘れてくれ』


よっちゃんの店があった土地には、間もなくして新しい店ができた。

内容は、よっちゃんの店をいくらか便利にしたような商店。

「いやさ、俺も興味本位で行ってみたよ、そしたらすげえの、寒いの店ん中。暖房入っても寒い。そんで何よりもシーンとしてんだよ、何かラジオとか音楽みたいなのは流れてるんだけど、そんなの何の意味も無いぐらい静かなの」

妙な緊張感に耐え切れず、何も買わずに店を後にしたそうだ。

「二か月持たなかったと思う、気付いたら無くなってた」

すっかりと更地になったその土地の前には、真新しい花束が置かれていたという。

些末な問題

「一番古い記憶は、母親が運転する車で父親を迎えに行っていた頃だから三つか四つぐらいだと思うんだけど」

F君が見ている〝モノ〟の話を語り始めた。

「母親が運転席に居て、俺が後部座席で寝転がってるの、それで何分か待ってると父親がやってくる。その時にさ、父親の工場で働いている女工さん達が俺を見るために車に集まって来るんだよ」

母親は、わざわざ後部座席の窓を開け、F君に挨拶をさせる。

女工さん達は口々に『可愛い』『賢い』などと彼を誉め、頭を撫でる。

「まあ、毎日恒例の儀式みたいなもんだったんだけど」

その女工さん達の中に、どうしても苦手な人物が居たのだという。

「中年のオバサン、頭がやたら大きくて、笑顔が怖い」

必ず一番最後にF君を撫で、その際に髪の毛を引っ張る。

「毎回〝痛っ〟て思うんだけど、その頃はそういう悪意が世の中に存在するなんて思わないじゃない？　大人は皆優しいとばかり思っていたから……」

ニコニコと愛想笑いをして耐えていた。


小学校に上がってからは父親を迎えに行くことも無くなった。

それに伴い、その女工さんに会う機会は失われるはずだった。

「いや、何か居るんだよね、気が付くと」

公園で遊んでいる時、学校の遠足の時、家族旅行の先、授業参観の日など例の大きな顔の女工さんが遠巻きにF君を見つめている。

顔を見るのも怖かった。

「だってそうでしょ？　また髪の毛引っ張られるんじゃないかと思うとさ、それに――」

何よりもあの笑顔を見るのが嫌だった。

「もうわかってたよ、俺に対して悪意を向けている笑顔だって」

六年生、運動会の日

校庭で昼食をとっている両親の向こう、テントの外にあの女工さんがいる。

それまでは何年もの間、気になっても黙っていた。

しかしその日は、どうしても抑えられなくなった。

「どう考えてもおかしいからさ、訊いたんだ『あの人ずっと居るんだけど何なの？』って」

両親は「誰の事？」と訝《いぶか》しんでいる。

「すぐそこに居たんだよ、笑いながらこっちを見てたんだから」

あそこ！　あの人！

必死になって目配せをするが、両親は首をひねるばかり。

「もう、頭にきて」

にやにや笑う女工の元へ向かうと、袖を掴んで叫んだ。

「これ！　この人！」

——ブチッ

髪の毛を抜かれるような痛みが走り、女工さんの方を向くとそこには誰も居ない。

茫然と立ち尽くすF君。

『恥ずかしいことするな』と、呆れ顔の両親。

「もう少し心配してくれてもいいようなもんだけどね…… でもまぁわかったんだ、あれ普通の人間じゃないんだなって」

目の前から忽然《こつぜん》と消える人間などいない。

何よりも、こうも頻回に自分の周りに現れる時点でおかしいのだ。


その日から、F君は事あるごとに両親に訴えた。

——今日も居た。

——今日は学校帰りにずっと見張られてた。

——さっきまで家の外に居た。

「父親に『お前！　病院に入れられたいのか！』って怒鳴《どな》られたよ、そして実際……」

強制的にカウンセリングに通うことを義務付けられた。

「『これで治らなかったら、入院だからな』って、頭つつきながら言うの、父親が。酷《ひど》い話でしょ、自分の子供の言うことを信じてくれようともしない」

結局、F君が折れるしかなかった。

これ以上騒ぎ立てれば、本当に家には居られなくなってしまうと感じたからだ。

カウンセリングは、中学を卒業すると同時に強制ではなくなり、カウンセラーの先生からは「気が向いた時にくればいい」と話された。

「何だかんだ言って、(カウンセラーの)先生だけだった、俺の話をしっかり聴いてくれるのって」

カウンセラーは、F君の語る内容を肯定することも否定することもなく、ただただ話を促し続けてくれ、その態度に彼は救われたという。

「実際には、当時もあの女は俺の周りに姿を現してた、だけど先生に話しているうちに『別に何も怖いことは無いじゃないか』って自分で思えるようになって」

あの運動会の日以来、姿が見えることはあっても髪を引っ張られるような危害を加えられたことは無い。あの時だって自分が無理に近づかなければ何かをされることはなかっただろう。F君はそのような納得を得て、あの女を無視し続けることに決めた。

「無視し続けていれば、そのうちいなくなるだろうって」

それから二十年。

「まだ居るよ、無視しているけど」

いわゆる〝霊能者〟のような人間に相談するつもりはないのかと訊くと彼は言った。

「うん、考えたことはある。だけどそれって結局確かめる術がないじゃない？　霊能者が本当にあの女の姿を捉えているのかどうかって。能力があるにしろ、騙しだったにしろ、結局はその重要なところを確認できない以上、俺にとっては無意味なんだよね」

頭の悪い質問をしているなと自覚しつつ、更に訊ねる。

いわゆる〝お祓《はら》い〟というものを受けることで、女を遠ざけることはできるのではないか？　と。

「もうね、遠ざけるとか、祓うとか、そういう問題じゃなくなってるんだよ。これだけ長い間付きまとわれていると、もう自分の問題っていうか、自分で腹を決めて向き合うしかないんだなっていう……上手く言えないけど、赤の他人に介入されて、好き勝手な解釈でそれを捉えられるとさ、ようは俺の人格を好き勝手に言われているってのとイコールになっちゃうっていう感覚、わかる？　それってすごく腹立たしいし、愚かなことだと思うんだよね。当時の俺を先生に丸投げしたうちの父親みたいな馬鹿にはなりたくないんだ」

「幽霊だろうが幻覚だろうが、ようは折り合いを付けられるかどうかって話、俺にとっての本質はその一点だけで、あとの問題は些末なことなんだ。見えるのも見えないのもどうでもいいことだってところにたどり着いたんだよ」

お迎え

Wさんは訪問看護師である。

「在宅で療養なさっている患者さんのご自宅に訪問してケアをする仕事です」

最近は病院での長期療養は難しくなっているらしく、医療的な処置が必要な段階の患者であっても、状態が落ち着いていれば施設への入所か在宅での療養を選ばされるのが普通になってきているのだという。

「高齢で、ある程度症状が固定されてしまっている方々なんかは、病院で治療を受けても著《いちじる》しい回復が望めないことが殆《ほとん》どですし、それであれば自宅でケアを受けながら家族と過ごす日々を送った方が生活の質は保たれるのではないかと思います」

日々の状態の確認から褥瘡《じょくそう》の処置や胃瘻《いろう》の管理、尿道カテーテルの交換等を一人で行う。

「病院であれば、自分ができなくても他の看護師の力を借りることができますが、訪問の場合は、その場の対処は一人で行わないとならないので看護師の力量が問われます」

それ故に、やりがいのある仕事だと彼女は笑う。


自営業を営んでいる、あるお宅でのこと。

「住居スペースと業務スペースが一つの建物の中にあるので、とても広いお家でした」

その家の住居スペースの奥まった所に、ケアの対象であるTさんの部屋がある。

Tさんは九十代の女性、脳出血の後遺症のため日々の生活に全介助が必要な状態。

「通常ですとご家族にご挨拶をして、患者さんの様子を伺いながらお部屋に案内されるっていうのがパターンなんですが、そのお宅の場合は勝手にお部屋へ上がって、処置が終わった後にだけ一言声を掛ければ良いっていうルールになっていました」

自営業という性質上、日々の業務に追われ手が離せない場合が殆どであるということから、Tさんのご家族の方から提案されたルールであった。

「それぞれ家族の事情がありますし、病院と違って自宅療養は生活の延長線上にありますから、そういった個々の要望にも最大限合わせるようにしています」

その日も、Tさん宅の駐車場に車を停め、玄関のドアを開けた。

「玄関はそのお宅の丁度真ん中ぐらいにあるんです。右側が業務スペース、左側が住居スペースになっていて、左右に長い造りになっていて、とにかく広いんですね」

〝ごめんください、失礼します〟

だれが聞いているわけでもないが、形式上そう述べて屋内に入る。

「何だかお家の中が騒がしいような感じがしました、普段はそんなことないんですけど」

お正月とかお盆とか、そういった時候のイベント時のような雰囲気がした。

周囲の様子を伺いながら、二階の奥にあるTさんの部屋へ向かう。

「階段の途中に、男の人が立っていました」

Tさん宅の人間であれば全員と顔見知りであるが、その男は見たことがなかった。

狭い階段の、すわりが悪いような場所に立ち、真っ直ぐ壁を見つめている。

「親戚の方かなと思って」

〝こんにちは、○○看護ステーションです〟

そう言って会釈したが、男は何の反応も返さずに立ち尽くしている。

「うん、まあ別にいいかって」

自分はあくまで看護師であり、外部の人間である。仕事に関係する以外の家庭の事情に首を突っ込む立場ではないのだから、ここはスルーしよう。

「そう思わせるような雰囲気があったんですね、その男性。何か込み入った事情があるような直感っていうか」

男の前でもう一度会釈をすると、Wさんは階段を上る。

二階は襖《ふすま》で仕切られる座敷が三部屋、その一番奥がTさんの部屋である。

開け放たれた襖によって、座敷は広い一部屋のようになっていた。

いつもなら誰もいないその空間に、三人の男が立っている。

一人は手前の座敷の真ん中で、ぼんやりと。

一人は背筋を伸ばし直立不動で廊下の窓辺に。

一人は中央の座敷の押入れに向かって立っているため、顔が見えない。

「何なんだろうなって、思いましたけど……」

〝こんにちは、訪問看護です～〟

それぞれに向かって小さな会釈を繰り返しながら、奥のベッドで横になっているTさんの元へ向かった。その間、誰一人として反応しない。

「階段に居た男の人と同じような雰囲気です。正直気味が悪かったですけど、じゃあそれが私の仕事に影響があるかと言えばそうではないので……」

ベッド上のTさんは、いつものように虚ろに目を明け、天井を見つめていた。

「Tさんは発語がないので、会話はできないんです。四肢《しし》の関節も拘縮《こうしゅく》しているために自力で何かを行えるという状態ではないんですね」

特に変化は見られず、体調は安定しているようだった。

「バイタルの測定と、胃婁の刺入部のケア、仙骨《せんこつ》部の褥瘡の処置が取りあえずの私の仕事でしたから、それをして」

背後には、例の三人がいる。

妙なプレッシャーを感じつつも、Wさんは仕事を続けた。

「最後に体位の変換をしてから、記録用のノートに今日の状態を書いて」

あとは家人に一声かけ、今日の様子の報告をするだけ。

そそくさと片づけを済ませると〝失礼します～〟と会釈しながら、男たちの前を通り過ぎた。

背部に、じっとりと汗をかいていることに気付く。

「普通じゃないなって、だって身じろぎ一つしないんですよ？　それぞれが最初の姿勢のままに、ずっと同じ場所に立っているんです」

これまで何度となくこの家を訪れているが、今日のようなことは初めてだ。

何故あのような人々が居るのか、合理的な説明を自身の思考に求めるも答えは出ない。

業務スペースに居るTさんの家族の所へ向かう。

「階段にもやっぱりまだ居ました」

無言で会釈をし、気持ち早めに階段を降りる。

滑り込むように業務スペースに入り、家人を探すと「あ、お世話様ねえ」と声。

Tさんの娘が、忙しそうに動き回りながら手を振っている。

何でもない様子、普段通りの光景。

「いつものように、いつもの報告だけして」

住居スペースに居た男たちの話はしなかった。

「迷いましたけど、泥棒とか不法侵入の人のようには見えなかったですし……　そうであれば身内の方々だっていう可能性が高いですから……」

むしろ、家人からあの人達の話が出て来るのを期待していた。

「『妙な親戚が来ていて困ってるのよ』なんて言葉が聞けたら良かったんですけどね……」

そのようなやり取りは無く、普段通りの調子で報告を終え、帰路についた。


その数日後、Tさんは亡くなった。

「ご高齢でしたから、状態の急変は十分考えられました。ご家族が気付いた時には息をしていなかったそうです」

葬儀の際、T家の仏間にて、Wさんは〝あの日の男〟を再び目撃する。

「Tさんのお兄さんという方の遺影が、あの日、階段に立っていた男性とそっくりだったんです、お若いうちに亡くなられた方だったそうで……」

——お迎えにいらっしゃったってことですかね？

Wさんはそう言ってから、手で口を押さえた。

座敷に居た三人に関しては、何も情報はないという。

電話の音

Uさんは一戸建ての賃貸住宅に住んでいる。

「築二十五年の古びた木造家屋で数年後には取り壊される事が決定してるんです、ただそれまでの間はどのように部屋を使っても構わないって言われて」

趣味で油絵を嗜《たしな》む彼女にしてみれば、汚し放題の家というのは好都合だった。

「家賃も安いし、即決でした」

彼女は仕事のない休日、基本的に自宅で絵筆を取る。

「油絵具を使うので結構匂いがこもるんですよ、だから晴れた日はできるだけ窓を開けて描くようにしているんです」

夢中でキャンバスに色を重ねていると、隣の家から〝ジリリリン　ジリリリリン〟と音が聞こえ、驚くことがあるという。

「黒電話の音です、デジタルの呼び出し音じゃなくって本当にベルが鳴っているような大きい音が響いて来て」

隣接する平屋建ては、八十近いお婆さんの一人暮らし。

「お婆ちゃんだから、ケータイとかじゃなくって昔ながらの電話の方が使いやすいんだろうなって思っていたんですが……」


ある日、Uさんが近所の自販機で買い物をしていると、隣のお婆さんが何やら喋りながら歩いて来る。

「普通に携帯電話使っているんですよ」

やってきたお婆さんは「あらUちゃん、○○ってどれ?」と自販機を指さす。

「遊びに来たお孫さんと、ジュースの種類について話していたみたいで」
○○をお婆さんに教えた後で「携帯電話お使いになるんですね」と話しかけた。
『お婆ちゃんだと思って!』と冗談交じりで拗ねるような仕草をするお隣さんに『黒電話とケータイの二刀流って渋いです』と返すと『黒電話?』と不思議そうな表情。

「黒電話なんて無いよって言うんです」

聞けば、携帯電話の着信音もベルのそれとは違うという。

「『気味の悪いこと言わないで』って小突かれたんですが……」

「その後も、やっぱり黒電話の音が聞こえて来るんですよね……ええ、お隣で間違いないです。それで、別にベルの音が聞こえるってだけなら、別に怖いとか思わないんですけど……誰かが『出てる』んです、電話に……『もしもし』みたいな声が聞こえることがあって……無いハズの電話に誰が出るんですかね？」

私の家ですが

Ａ君が小学生の頃、家の近所に空き地があった。

膝丈《ひざたけ》程の草が生い茂るその空き地で、Ａ君はじめ近所の子供たちは良く遊んだ。

空き地の端には、石で出来た小さな祠《ほこら》があったという。

「大きさは土台の部分を含めて俺らの腰の高さぐらいだったから、本当に小さな祠だよ」

土台から屋根までが石で出来ており、雨ざらしになっているその祠を、子供たちはよく拝んでいたそうだ。

「誰に言われたわけでもなかったと思う。ただまぁ、何か神様を祀《まつ》っているんだろうなってことは子供心にもわかっていたし、だったら一応拝んでおこうかなっていう」

無造作に引き千切った野花を祠の前に並べ、手を合わせる。

「遊びの延長で、気が向いた時に拝むっていうスタイルね」

彼が小学校四年生の頃に、祠のあった空き地は宅地に造成され一軒の大きな家が建った。

「他に遊び場はいくらでもあったし、そんなに気にしてなかったな」

新築の家の周りは綺麗な生垣で覆われ、その生垣に「食べられる実」が生っていた。

「それをさ、近辺で遊んでる途中に摘んだりしてたんだ。別に美味い実ってわけじゃなかったけど、食えるんなら食おうぜって」

家の持ち主は温厚な一家で、生垣を荒らす子供たちを咎《とが》めるでもなかったから、彼らは好きなように実を貪《むさぼ》っては外遊びに興じていた。

そんなある日のこと。

「友達と、生垣の実を食ってたら庭の方から争うような声が聞こえてきたんだ」

生垣の隙間から家の庭を覗くと、普段は優し気なその家のおばさんが声を荒げて誰かを制している。

おばさんと対面するのは、白いシャツにジーンズ、麦わら帽子という夏らしい格好をした若い女。

近所では見たことも無い人物だった。

「どうも様子が変でさ」

若い女は、家の中の様子をしきりに覗こうとし、隙あらば中に入ろうという動きを見せる。

それを家主であるおばさんが体を張って止めようという構図。

『なんなんですか！　非常識でしょう！』とおばさんの怒号。

『ここは私の家ですが？』白々しくそう嘯《うそぶ》く若い女。

「そこん家は、おばさんの他に旦那と高校生の兄弟がいたんだけど、まだ夕方にならないぐらいの時間だったから、家には居なかったみたいで」

どのような経緯で目の前の状況が生じたのか見当もつかなかったが、何か異常な事態であることは小学生のA君にもわかった。

怒り狂った様子のおばさん。

涼しい顔で『私の家ですが』を繰り返す女。

焦点の合わない押し問答を、A君達は面白半分で覗いていた。

暫《しばら》くして、何やら騒がしい事に気付いた近所の住人がA君達の周りに集まって来た。

『何なのや？　誰や？　あの女』

顔見知りの年寄りにそう訊ねられたが、A君達にも誰なのかわからない。

首を横に振ると、その年寄りが生垣を回って庭に向かった。

『何したのっさ？　穏やがでねえごと』

『この女、頭おがしいんでねえべが、人の家に入っぺどすんのよ、警察呼んでけらいや』

『どごの人？　知り合いでねえの？』

『だれ知り合いだってぇ、どごの誰がもわがんねえ人よ』

そんなやり取りがあった後、地区の駐在さんが呼ばれることとなった。

十人近い人間が騒然と見守る中、玄関の前でおばさんと若い女の睨み合いは続いている。

「その女はさ、何か暴力的な振る舞いだったりとか、叫んだりとか、そんなことをするわけでもなく、ぼんやりとした雰囲気で家の中を覗いたりとか、そんなんだったから、縛り上げたり取り押さえたりっていうのでもなくってね、皆で状況を眺めてた」

最初庭に回り込んだ年寄りの他には、何故か誰も庭に入ろうとせず、殆どがA君達の後ろから生垣を通して中を覗きこむような格好になっていた。

「怖いっていうんじゃないんだけど、何か気持ち悪かったんだよね、その女。目を合わせたくないっていうかさ、だから俺らも含めて遠くから見守る感じで」

女と睨み合う格好のおばさんも、体調でも悪そうに真っ青な顔をしている。

「そんで、駐在が来たんだけど……」

周囲の人間の反応から、警察がやってきたことを察したおばさんが、安堵したように庭の外へ目を向けた、その瞬間。

女はぬるりと体を動かし、つるっと玄関の中に入り込んだ。

『あっ！』

おばさんを含めた周囲の全員が虚を突かれたような声を上げ、家の中に消えていく女を見やる。

『早く！　早く！』

見守っていた近所の人々に促され、駐在が慌てた様子で屋内に走り込む。

その後ろから不安げな様子のおばさんが続いた。

固唾《かたず》を飲んで様子を見守る人々。

『大丈夫だべが？』集まった人々がそんな事を語り合っていると、ものの数分で二人が家から出てきた。

若い女の姿は見えない。

「居なかったんだって、あの女」

家中どこを探しても、中に入り込んだはずの女の姿はどこにも見当たらなかったという。

そんなはずはないと見守っていた人々が口々に駐在に詰め寄るが、一緒に入って行ったおばさんもまた、首を捻《ひね》っている。

「玄関からは出てきてないし、勝手口も家の側面についていたから、もしそっちから抜け出すようなことがあれば俺らが見逃すわけがないんだよね」

あとから聞いた話では、家の裏手にある窓もすべて内側から施錠されており、どう考えても逃げ出すことは不可能な状況であったらしいとA君は言う。

不安がるおばさんの要請で、集まっていた大人たちが家の中に通され、皆で屋内を見回る展開になったところで、A君達は家に帰された。

「子供だったしね、俺らも中に入りたかったけど相手にされなくって」

その日の夜、A君は父親から『余計なことを語って歩くなよ』と釘を刺され、その後にどんな展開があったのかは詳しく知らされなかった。

それから三年程経って、A君が中学生の頃、その一軒家は取り壊された。

「引っ越ししたみたい、何があったのかはわからない」

ただ、あの女の件から数か月後、その家の息子の一人が自室で亡くなっているのを発見され、騒ぎになったことがあった。

「生垣の実を食ってたら怒鳴《どな》られたりしてさ、引っ越して来た頃と比べると、あのおばさんも相当参っている様子だったのは覚えてる」

家は取り壊される前の段階で、元々土地の所有者であった人間に売却されていた。

「近所の連中が『アイツ丸儲けだな』って言い合ったりしてたから、俺もてっきり土地家屋を転売するか、あるいは賃貸にでもするのかなって思ってたんだけど」

地主は家を壊し、更地にすると、敷地に梅の木を植えて元通りの空き地にしてしまった。

「そんでさ、気付いたらあの祠が置いてあったのよ」

〝おお懐かしい、そういやこの祠今までどこにあったんだろう?〟

久しぶりに目にする祠の前に、千切った野花を備えて手を合わせていると、ちょうどやってきたらしい地主の男に声を掛けられた。

『そんなもんに手ぇ合わせんじゃねえ』
『いや、すみません、神様だと思って……前に結構拝んでたんで』
『神様なんかでねえ』
そう言って、地主はA君を敷地の外に追いやった。
「だったら何なんだよ？　って思わない？」
それぞれの因果は不明だが、そういうことがあったとA君は言う。

インチキと霊能力

K君が股関節に痛みを覚えるようになったのは二十四歳の時。

「いや、経験したことが無いぐらい痛むんです。寝てても起きてもちょっと体を動かすとシャレにならない程の痛みが走って」

これ程の痛みであれば何か大きな病気かも知れないと考え、整形外科を受診し検査を受けたが異常は見つからなかった。

「そんなワケはないんですよ、兎《と》に角《かく》もう異常に痛むんですから。歩くたびに心が挫《くじ》けそうになるぐらいの痛みだったんです」

受診した病院が悪かったのかも知れないと考え、近隣の整形外科を片っ端から受診してみたが診断は変わらない。

「大きな総合病院なんかも色々と回ったんですが、何処《どこ》へ行っても特に問題は指摘されなくって、痛み止めの処方だけ受けてっていう」

確かに、処方された薬を服用すれば、痛みをある程度抑えることはできた。

歩行が困難になるレベルの痛みは、それで回避できる。

しかし、毎月の受診の度に、医者から嫌みのように小言を言われるのが苦痛だった。

「こっちがいくら痛みを訴えても、全然相手にしてくれないばかりか『そんな大げさな』とか『仕事に行きたくないんでしょ？』とか……終いには『うちよりも精神科を受診した方が良い』とまで言われて」

そんな日々を数年間過ごし、すっかり医者嫌いになってしまったK君に、知人がある人物を紹介した。

「霊能者でした」

その知人曰《いわ》く『何かの霊障でそういう風になっているのかも知れないから、相談するだけ相談してみてはどうか』とのこと。

「医者はマトモに取り合ってくれないし、少なくとも病院ではこの痛みの原因を究明することは難しいんだろうなと思っていたので、藁《わら》にも縋《すが》る思いで相談に行ったんです」

霊能者は、中年の太った男。看板を掲げて商売をしているわけではなく、口コミで紹介された人間だけを相手に相談を受けているという。彼はK君の訴えにじっくりと耳を傾けた後で「これは、生まれ持っての霊障と言って良いでしょう」と断言した。

解決するためには、先祖供養が必須であるという。

K君自身でそれを行ってもいいが、仏様に直接分かって頂ける特別な言葉で祈念することによって、より効果的な供養ができるとの話を受け、二十万円を支払ってその「効果的な供養」をしてもらった。

「もともと知人から『お金はかかる』と言われていましたし…… 少しでもこの痛みが治まるのなら安いものでした」

供養が終わった後も、自分がこれまでいかに苦しい思いをしてきたのかということを嗚咽を漏らしながら語るK君に、霊能者は親身になって接し「ご安心下さい、きっとよくなります」と励ましの言葉をかけた。

その日の夜。

もしかしたらこのまま症状が軽くなっていくのかもしれないという期待に心を躍らせて

いたK君宅の呼び鈴が鳴った。

時刻は、もう二十三時を回っている。

対応に出たのは父親のようで、玄関から父親と訪問者が何か言い争う様な声が聞こえる。

「K！　K！」

呼ばれて玄関に向かうと、例の霊能者がいた。

昼間の落ち着き払った様子とは打って変わって、何か焦っているようにソワソワしながら、しきりに周囲を見回している。

「○○先生！　どうなさったんですか？」

驚いて近づいたK君に、霊能者は白い封筒を手渡し「このお金はお返し致しますので、どうか許してください！」と頭を下げた。

事情が呑み込めないK君、何のことかわからない様子の両親は顔を見合わせている。

「夜分遅く、本当に申し訳ないのですが、お仏壇にお線香を上げさせて頂けませんでしょうか」と、霊能者は両手を合わせながら更に深々と頭を下げる。

K君は「この人、知り合いだから」と両親に説明し、それを受けた父親は、しぶりながらも霊能者を屋内に招き入れ、仏間に案内した。

ガタガタと震える手で、線香に火を点けた霊能者は「申し訳ございません！　申し訳ございません！」と仏壇に向かって何度も謝罪の言葉を述べ、一心不乱に手を合わせている。昼間の祈祷の時よりも、その姿は真剣な様子であった。

唖然としてその様子を眺めていた父親が「もういいでしょう?」と言うと、霊能者は壊れたロボットのようにギクシャクと立ち上がり、K君一家にもう一度頭を下げた。

「どういうことですか?」と問うたK君に「私は、インチキです……」と述べると、男は「貴方《あなた》のおじい様が、これをと……」と続け、胸元から二つ折りの紙を取り出した。

K君の祖父は、彼が中学生の時に既に亡くなっている。

「――?」

家族全員が何が何やら分からないでいる中、霊能者の男はもう一度頭を下げ、そそくさと家を出て行った。

その後、彼の素性を両親に説明したが、なぜわざわざ家にまで出向いて来たのか、なぜお布施のお金を返されたのか、いったい何が「申し訳ございません」なのかは全くわからなかったため、説明に苦労したそうだ、

「貰った封筒の中にはキッチリ二十万円入っていて、最後に手渡された紙は、ある病院の

ウェブサイトのトップページをプリントアウトしたものでした」

不思議に思い、そのサイトにアクセスしてみると、膠原病等の自己免疫疾患を専門に扱う病院であることがわかった。

「これまでは整形外科しか受診してこなかったので、あるいはこういう方向性もあるのかなって、後日、その病院を受診してみたんですね」

結果、K君の痛みの原因、病名は判明した。

「ちょっと特殊な、一般的な検査では判別できない膠原病《こうげんびょう》の一種だったんです」

更に、ちょうど新薬が保険適応になったばかりで、その病気自体を治すことはできないが、進行を抑えることは可能になっているという事を医師に話された。

「先生が『この病気は症状が出てから病名が判明するまで、皆さん本当にご苦労なさるんですよ』って。本当は難しい病気だったんだから落ち込むような場面ですけど、嬉しくて万歳《ばんざい》しちゃいました」

その後、結果的に問題が解決したことの礼を述べようと霊能者の男の元を訊ねたが、既に引っ越してしまったらしく、会うことは出来なかった。

「じいちゃんが何かしてくれたのかなってのは思うんですけど、僕からしてみればあの霊能者の人も多分やっぱり何か力はある人だったんだろうなって思うんです、自分で『インチキ』って言っていましたけど、結果的にあの人が居なければ今の状況は無いわけで……住所も教えていないのにいきなりうちに来たっていうのもね、そうでなきゃ説明がつかないんです。だからじいちゃんと同じぐらい感謝しています」

駐車場

Bさんは職場の近辺に月極の駐車場を借りた。

「職場で借り上げてる駐車場もあるんですけど、ちょっと遠いし、坂の上だから冬に雪が降ったりしたときは怖いんで、ちょうど近場が空いたようだったので借りたんです」

車が五台停められるスペース、その一番奥がBさんの場所。

そこから職場へは徒歩で三分程、これまでの駐車場と比べれば朝に十五分は余裕が持てる。

「十五分違えば朝はかなり楽ですよ。たかが十五分、されど十五分」

その駐車場は繁華街に近いこともあって、仕事以外の時にでも便利。

「いちいち空いている駐車場を探さなくても良いので、本当にいいとこ借りれたなって」

しかし、不心得者はどこにでもいる。

「夜に飲み会があったんで、帰りは代行使おうと思って車で行ったんですよ」

駐車場には、別の車が停まっていた。

すぐさま管理会社に連絡し、Bさんは近くのコンビニの駐車場で連絡を待った。

『スミマセン、今確認したところ駐車している車は無いようです』

と連絡が来たのは、それから間もなくして。

「良かった良かったって、車をまわしたんですが」

やはり、先ほどと同じ車が停まっている。

「ついさっきの今ですからね、何か行き違いがあったのかなって」

再びコンビニの駐車場に戻り、管理会社に連絡。

さっきよりも大分時間がかかってから、電話が来た。

――すると。

「立ち会って欲しいって言うんですね」

仕方なく、コンビニに車を停めたまま、十分程の道のりを歩いてて駐車場に向かう。

「確かに、停まってないんです」

管理会社では二回目の連絡の際に監視カメラを確認したのだそうだ。

「そんな車は最初から停まってないって」

三度目は、何の問題も無く車を停められた。

それ以降、何度も同じようなことがあったが、Bさんはもう管理会社には連絡をしないという。

「駐車場のあの場所、元の借主が事故で亡くなってるらしいんですよ、そんでその死んだ人が、行きつけだった飲み屋に毎回出るって言うんで、評判になってて」

生前みたいに、車で乗り付けて来てるんでしょうねぇ。

Bさんは今もその駐車場を借りているが、夜はもっぱらタクシーを使って飲みに行くそうだ。

臭い

「うんこの臭いがするんですよ」

『何か妙な話はないか？』と訊ねた私に、彼はそう言った。

あまりに唐突な発言に、当初はふざけているのかと思ったが、どうやら違うらしい。

「俺が借りてるマンションなんですけど、俺が便所に入ると臭うんです。ついさっきしたばっかりみたいに」

それは、仕方がないんじゃないだろうか。

「いや、だから俺が便所に『入った』時にはもう臭ってるんです」

掃除の具合にもよるのでは？

「ちゃんとキレイにしてますよ！　俺だけじゃなく彼女も使うんですから」

じゃあ彼女の仕業ってことは……。

「彼女が居ないときにも臭うんですよ、それに彼女は必ず消臭のスプレーしますし」

配管の問題とか？

「水が溜まる方式のトイレですよ？　配管から臭いなんて上がってこないでしょ普通」

君、胃とか鼻とかに病気ない？

「無いです、俺自身が臭うって言うんですか？」

いや、失礼。

「今のマンションに引っ越してからですよ、絶対、何かある」

何か見たりしない？　人影とか、あるいは気配とかでもいいけど。

「ないですね、全然ないです」

臭いだけ？

「そういう話ないんですか？　うんこの霊みたいな」

何言ってるの？　聞いたことないよ、そんなの。

「じゃあ何なんですか？　言わせるだけ言わせておいて……」

ああ、申し訳ない、家賃は？

「相応だと思います、特に安いとかはないです」

前の住人が亡くなってるとか？

「無いですね。不動産屋と下見に行ったときに引っ越しの作業してましたし、女の子」

その女の子の前は？

「無いと思いますけど……確認はしてないです」

隣、とか？

「隣は、亡くなってます」

そうなの?!

「ええ、今は誰も住んでないです。去年かな、でも隣の部屋でってわけじゃないですよ？」

う～ん。

「隣の部屋、関係あるんですかね？」

どうだろう……

「でも、隣の部屋ですよ？」

でも、隣の部屋でしょ？

「そんなもんなんですか？　隣って……」

ごめん、わかんない。

「そうですか……」

後日、彼から連絡を貰った。

隣の部屋に若い男性が引っ越してきて以来、臭いはしなくなったそうだ。

変わりゆく姿

J君は、幼くして母親をガンで亡くしている。

「俺が小学校三年生の時だったから、三十年も前になるんだなあ」

病院のベッドの上で、日に日に痩せ細っていく母親の姿が今も目に焼き付いていると語る。

「母さんは、俺が病室に行くたびに『何かあったらお母さんが守るからね』って、毎度のように言っててさ、当時の俺はきっと母さんが元気になってくれるもんだとばかり思ってた」

その言葉が、どういう意味を孕《はら》んでいたのか、当時のJ君には理解できなかった。

「あの世から見守るって意味だったんだろうな、今考えてみればさ」

J君が中学生になった頃のこと。

バス通学をしていた彼は、夏の下校時『母親とそっくりな人』が歩いているのを目撃する。

「あっ！　と思ったんだけど、俺はバスに乗ってたから」

他人の空似とはいえ、ずいぶんそっくりな人間がいるもんだなと思ったそうだ。

その数日後、彼は部活の最中に熱中症で意識を失い、救急車で病院に搬送された。

「当時は熱中症なんて言葉は無かったから、脱水だの日射病だのって言われた。体が動かなくなったなと思ったらフラッとして、気付いたら病院だった」

幸いなことに大事には至らず、数日の入院の後、無事に退院した。


J君が高校生になった頃のこと。

バイクで通学をしていた彼は、通りすがりに、またもや母親とそっくりな人間が歩いているのを目撃する。

「今度は一回じゃなくって、何回も見たんだよな。学校行ってる途中とか、町の中走ってる時とか。やっぱりずいぶん似ている人がいるなって、そう思ってた」

母親が恋しいという思いは、その当時すでに無くなっていたという。

「まぁ、高校生にもなればさ、いつまでも引きずってるのも格好悪いし」

そんなある日、彼は交通事故に遭う。

「典型的な巻き込まれ事故だよ、後ろからトラックに引っ掛けられた」

バイクはトラックの後輪に巻き込まれ大破したが、J君は手首を骨折するだけで済んだ。

「バランス崩したまま転倒したから、地面に手を着いた時に折れちゃった。部活もやってたから、参ったなあと思ったんだけど」

これも順調に回復し、後遺症のようなものは残らなかった。


更に、大学に通っていた頃。

「その頃は地元を離れて暮らしてて、学校へは電車で通学していたんだけど」

またもや、母親にそっくりな人間を目撃し始めた。

「電車で通りかかる踏切の所に立ってるんだけど、じっと俺を見つめてるような気がしてさ。その頃は知恵もついて来てて〝母親を求める深層心理が赤の他人を母親そっくりに見せているんだ〟とか考えてた。自覚はなくてもそういうことってあるんだろうなと。それに……」

遺影の母親はふっくらとした顔つきで微笑《ほほえ》んでおり、これがＪ君の中での母親像であったが、この当時の母親のそっくりさんは『病気になった頃の母親』に似ていたという。

「ほっそりしてた。その人見る度に何か思い出しちゃって、あの頃の母さんのこと」

それから間もなく、Ｊ君は急性アルコール中毒で救急搬送される。

「ホントに、馬鹿な飲み方しちゃったんだ。どの時点で意識が無くなったのかも覚えてない。気付いたら病室で、親父が枕もとに居て」

父親は近県に住んでいたが、Ｊ君が救急車で運ばれたという話を聞いて病院までやってきていた。

「しこたま怒られたよ、勘弁してくれって。下手すりゃ死んでたわけで返す言葉も無かった」

「それでさ、何となく気付いたんだ。あれって〝そっくりさん〟じゃなくて、本当に母さんだったのかもなって」

振り返ってみれば、彼が生命の危機に陥る前兆のように〝母親のそっくりさん〟が現れている。そのタイミングを考えれば、何かしらの警告のような意味で彼女が彼の前に現れているると言えなくもない。

「本当に守ってくれてたのかもなって思って……」

そう思い当たって以来、彼はできるだけ母親に心配をかけないよう心掛けた。

「真面目に、健全に、危なそうなことはできるだけ避けて、明るく朗らかにって」

しかし、そのように過ごしていても尚、逃れられないものはある。

彼の母親がそうだったように。

「一年前の検診、胃のバリウム検査で引っかかった」

その前後から、嫌な予感はしていた。

「また、母さんを頻繁に見るようになったんだ」

その頃に目撃していたのは、まるで亡くなる寸前のような母親だった。

バスやタクシーの窓から、あるいは車道を挟んだ向こう側の歩道から、痩せ細った母親がJ君を見つめていた。

「これまでのパターンだったら何かあるなと、思ってはいたんだけど……　母親も胃ガンだったし、ちょっとシャレにならないなって」

すぐに胃カメラによる精密検査を受けた。

結果は〝問題なし〟。

「『前に胃潰瘍《いかいよう》をやった後ですね』って言われた。そんな覚えは無かったから、医者にそう言ったら『よくあることです』って、ホッとしたよ」

病院からの帰り道、バスに乗り込んで流れる景色を眺めていると、妙なモノを見た。

「骨と皮だけっていう、殆ど骸骨《がいこつ》みたいなのがフラフラっと漂うみたいに」

怖いと思うよりも先に、思った。

——母さん？

J君は言う。

「警告の意味で目の前に出てきているのかと思って、気を付けなきゃって理解をしてたんだけど、もしかしたら本当の意味で守ってもらってたのかもなって……守ってもらうっていうか『身代わりになってもらってた』んじゃないかって、その時に直感した」

骸骨は、フラフラと雑踏に消えて行ったという。
それ以来、J君は〝母さん〟を見ていない。

その日の朝

その日の何日か前から、赤ちゃんの声が聞こえてたんですよ。

ええ、そうです家の中で。

普通なら隣のお家《うち》とかに赤ちゃんがいるのかなって思うじゃないですか？

でも当時は全然そう思えなくって、家の天井裏とか、縁の下とか、そんな所から聞こえているっていう確信めいた思いがあって、嫌だなあ何だろうって気味悪かったんです。

留守番中の昼間だったり、夜に布団に入ってからだったり、時間はあまり関係なく聞こえて来てて。そうですそうです、家の中でだけ。

学校とか、どこかのお店とかそういう所に居る時は聞こえなかったから、家に居るのが怖くなっちゃって、母にも話したんですけど『何言ってるの？』って全然取り合ってくれないんですよ。

そしたら父が『ねずみじゃないのか?』って言うんです、ええ? って思って、訊いてみたら、ちょうど何日か前から天井裏を何かが走っているような音が聞こえてるから〝ねずみ取り〟を置いてるっていうんですね、あのゴキブリ捕まえるやつの大きいバージョンみたいなやつです、はい。

それで、ねずみって赤ちゃんみたいな声で鳴くのかなって、いくらか安心したような気持になって、ねずみだねずみだって思うことにして。

でも、聞こえて来るとどう考えても赤ちゃんの声なんですよね、おぎゃあっていうかにゃあっていうか。ねずみならやっぱりチューチューって鳴くんじゃないの? って。

それより何より、その赤ちゃんの声が近づいて来ている感じがするんですよ、それまでは天井裏から聞こえて来てたのが、隣の部屋とか、あるいは私の部屋の端っこの方とかそんな所から聞こえて来てるような感じで……。

もしねずみだったとしても、自分の部屋の中にいるんだとしたらそれはそれで怖いじゃないですか? だから部屋の明かり点けて、ねずみが居ないのを確認したりして。

その段階ではねずみなのか赤ちゃんなのかわからないし、何が何だかわからないし、頭がこんがらがっちゃって泣きべそかいて両親の部屋に駆け込んだりもしましたよ、夜中に。

それでその日の朝方に、私は眠ってたんですけど、また赤ちゃんの声が聞こえてたんです。

夢の中なのか何なのか、ずっと赤ちゃんの声が聞こえてて、それが怖いからどうしようって思ってたところで急に『ぎゃあああ』って言うか『ぎゅううう』っていうか、そんな大きな声が聞こえて、その瞬間に目覚めたんですね。

あまりにもリアルに聞こえたので、台所かどこかに母親がいるはずだからって思って、駆け足で家の中をバタバタしながら。

でも母親が居ないんですよ、父は朝早くに仕事に行くので居なくて当然なんですけど、母が居ない。

辺りを見回してみたら家の勝手口が開いてたんで、きっとゴミ捨てか何かに行ったんだなと思って、私も勝手口にあったつっかけを履いて、外に出て。

そしたら勝手口の外で、祖母が何かを一生懸命踏み付けているんです。

私、祖母とは仲が悪くって、はっきり言って嫌いだったんで、無視して母を探そうとしたんですけど、そしたら『ホレ、これで大丈夫』って祖母が踏み付けてたものを広げて私に見せてきたんですね。

ねずみ捕りの箱でした。

その箱の窓の所から、小さい赤ちゃんが血を吐いて、目をむき出して潰れているのが見えたんです、もう一気に気持ち悪くなっちゃって、血の気が引いて……。

その場にしゃがみ込んでそのまま動けなくなっちゃったんですね、そしたら母が慌てて走ってきて『どうしたの！』って大声出すから、私余計怖くなって『赤ちゃんが！　赤ちゃんが死んでる！』って叫んだんです、祖母の方を指さして。

そんな状況なのに祖母は笑ってて、母にさっきの赤ちゃんを見せてるんです。

母も何でか笑ってて、私すっかり怖気《おじけ》づいて泣いたんですよ。

『あんたね、これねずみだよ』って。ゴミ袋にそれを入れてるんです二人で。

そんなわけないんです、私はっきりそれ見て『赤ちゃんだ』って思ったんですから、ねずみと赤ちゃんの区別ぐらいつきますよね、いくらなんでも。

今になって考えてみても、あれがねずみだったとしても、笑いながらそれをゴミ袋に入れてる二人って異常ですよね、子供にそんなもの見せて笑ってるのって。

それで私、本当に具合が悪くなっちゃったので、その日は学校を休んだんです。

で、何ていうか、気持ち悪いなって思うんですけど、その日に初めて生理が来たんですよ、家族は何だか納得したような顔してましたけど、もう私は頭がぐちゃぐちゃで……。

この話、これまで何人かの人に話してるんです。

中には『ねずみは多産の象徴だから初潮に重なるのは縁起がいい』とかっていう人もいて、でもそれが踏み殺されてますから……むしろ縁起悪いだろって……。

あの頃は、しばらく悩んだりもしたんですけど、もう十年以上経ってるし、あれ以来、赤ちゃんの声は聞こえないし、終わった話だと思ってたんですが。

この前祖母の法事の際にお墓参りに行ったらお墓の後ろに、あの、戒名を刻んでおく石ってありますよね？　あそこに随分戒名が並んでるんですよね……これまで気付かなかったんですけど……　私の知らない家族の戒名っていうか……　水子の戒名。

何かの警告だったのかな、そういうことだったのかなって、あの日の事を思い出して。

私は、そういうことが無いようにしないとって思ってるんです。

障子の向こう

雨上がりの朝のこと。

Oさんが目覚めると、部屋の障子の向こうに何か見えた。

等身大の人影が、自己流のラジオ体操でもするかのように忙《せわ》しなく動いている。

まどろみの中でぼんやりとそれを眺めながら、今日は随分良く晴れているんだなと思った。

人影は弾みをつけるように右へ左へグングンと体を振り、勢いよく体を伸ばしてはそのまま静止するという運動を繰り返している。

光の関係か、障子に映し出される影が部分的に伸びたり縮んだり、大きくなったり小さくなったり、振り子のオブジェのように規則正しく同じ変化。

Oさんは独り暮らし。この家には彼以外は住んでいない。

するとあの人影は、家の庭で誰かが動いている様子だろうか。

確かに激しく動いている割には、音も聞こえず、振動も伝わってこない。

いやいや、ここは二階。

庭でいくら動こうが、二階の障子の向こう側にこれだけ明瞭に影を映し込む事は不可能。

煙のように頭の中をたゆたっていたまどろみが、少しずつクリアになって来るにつれ、影はその運動量を増していく。

不思議と、恐怖感は無い。

運動に質量が伴っておらず、存在感が軽く感じられる。

弱そうな印象が強い。

手が伸びたり、頭が大きくなったり、もはや人間のそれではないと気付いたOさんは、布団から飛び出て障子を開ける。

誰も居ない。

正確には窓際に置いた机の上に、小さなバッタが一匹。

——バッタも人を騙すんだろうか?

そんなことを思いながら、ティッシュペーパーでバッタを捕まえ握りつぶす。

そのまま、ゴミ箱に捨てた。
障子を閉め布団に戻ると、再び横になる。
鋭い初秋の日差しを受け、浮き立つように明るい室内。
閉めた障子の向こうでは、まだ影が踊っている。

立ってる

漁師のFさんは、二十年ぶりに東京へ行った。

「いや、地下鉄乗ったんだげどよ、すげえのな、深《ふけ》ぇ深ぇ、エスカレーター」

地下鉄のエスカレーターが、信じられない程に深く、長かったのに驚いた。

「それでよ、そのエスカレーターの上りの方に乗ってだんだ」

ふと気づくと、対向の下りエスカレーターに人が乗っている。

「上りには俺だげ、下りにはそっちだげ」

朝の早い時間、たった二人のために動くエスカレーター。

「なんか未来だよなって思って、ウギウギしてよ」

ウキウキした気持ちで、対向のエスカレーターを眺めていて、気付いた。

「あぁ？　下りてきてねぇんでねぇの？　って」

下りのエスカレーターに乗っている人間が、ずっと同じ場所に居る。

「こっちは上さ上がって行ぐべ？　だがら近づいて行ぐんだげんとも、相手はさっぱり下って来てねくてよ」

長い長い下りエスカレーターの真ん中で、何故か静止している誰か。

「何だべど思って、すれ違いざまにマジマジど見だのよな、そしたらオメ、完全に固まってんのよ、ソイヅ」

静止している誰かは、多分人間では無いようだ。

「ああ、こんなどごにも居んのがよって思ってな、海の上にはたまに居んだよ、沖の方で突っ立ってる奴、死んだ人間なんだが、化げ物なんだがはわがんねげどな」

上りきった所で、下りのエスカレーターを覗きこんでみると、まだ静止している。

「あれ、ずっとあのままなんだべが？　海の上だど居ねぐなっけどな」

それから、Fさんはちょっと気を付けて東京の雑踏を見るようになった。

「いっぺえ居るっけよ、街の中で突っ立ってる奴、ガギも年寄りもいっぺえ」

歩道、交差点、市場の中、飲み屋の中、至る所に静止した人。

「ありゃあオメ、幽霊っつーのども違うんだべな、まるっきり止まってるだけで、恨みもつらみも無さそうだもの、ホントにそごに映ってるだけみでえな具合よ」

それでも、気持ち悪いことは気持ち悪かったという。

「そりゃな、どっちにしろ生きでる人間ではねぇべもの、頭から血イ流してだり、顔ひしゃげでだり、そんなのが多かったがんね、勿論、一見綺麗なのもあったげども」

首を捻《ひね》りながら、Fさんは言う。

「あれな、どんな基準でああなってんだべな？　皆なりたくてなってるわげでねぇべおん、そもそもエスカレーターの真ん中で突っ立ってるって、まさがあそごで死んだわげでもねぇんだべし……まぁず、人多いっつーごどは色んなごどあんだべもんなぁ」

セミ

Bさんは虫が嫌いだが、その中でもセミが一番嫌いだという。
見た目が気持ち悪い、鳴き声が気持ち悪い、そして何より飛ぶ。
セミ嫌いな人間が、その思いを変えることは絶対に無いだろうなという気持ち悪さが、
セミには確かにあるのだそうだ。
去年の冬、勤めている会社の駐車場で同僚を待っていた時。
ケケケケケッ
とセミの鳴き声のようなものが聞こえた。
もう十二月である、セミなどいるはずもない。
夏であれば身構えるBさんも、この時ばかりは気のせいだと思ったという。
しかし、何であんな音が？

気になって周辺を見回すと、風に吹かれた落ち葉が、コンクリートで固められた駐車場の地面を引っかくように移動した際、その音がするのだとわかった。

まったく、忌々しい音を出す。

セミのことなど気にしなくても良い季節に、気にしてしまった事実が腹立たしかった。

腹立ち紛《まぎ》れに、地面を引っかく落ち葉をサクサク踏んづけていると、
ギーーーーーーーーーー
という鳴き声が聞こえ、思わず足を引っ込めた。

足元には瀕死《ひんし》のセミ。

——まさか。

落ち葉か何かの見間違いだと思い、少しだけ屈んでそれを見る。

ゲッゲゲッゲッゲ
瀕死のセミが突然その場で回転しだしたかと思うと一気に飛び上がり、バチバチと近くの壁にぶつかって、ポトンと壁際に落ちた。

腰を抜かしたBさんがその場にへたり込んでいると、見計らったように待ち合わせをしていた同僚が駆け寄って来る。

「どうしたの?! 大丈夫？」

同僚の声がけに返事もせず「セミ、セミ」と壁際に落ちているセミを指差す。

「セミ？」

彼女は不思議そうな表情でセミに向かって歩いていく。

「どれ？」と言いながら探す彼女に「それ！」とBさん。

「これ？」摘み上げたのは、ただの葉っぱ。

しかしそれはさっきまでは確かにセミだったものだ。

「十二月にセミなんているわけないじゃない」

――確かに。

しかし、自分はそれがセミだった状態を確かに見た。

Bさんは現在、冬でもセミに気をつけている。

大丈夫っす

Lさんが仕事帰りにいつものガード下を通ると、黒い軽自動車が横転していた。

どうやったらこんな場所で横転するのだろうか。薄暗がりでライトを点けたまま転がっているその車のせいで道が塞がれ、通り抜けできない。

周囲に人気は無い、つまりこの事故は、まだ発見も通報もされていないということだろう。

取りあえず自分が運転してきた車を停め、様子を伺おうと車外へ出た。

横転した車のライトが眩しく中の様子が見えないため、面倒くさい事にならなけりゃいいなと思いながら近づいていく。

すると、天井を向いている助手席側の窓から、男が一人勢いよく飛び出して来た。

良かった、無事なようだ。

安堵して声をかける。

「大丈夫？　怪我はない？」

その声に気付いて振り向いた男は「大丈夫っす、大丈夫っす」と言うと、車を放置したまま物凄い勢いで向こうに走り去った。

え？　どこ行くの？

てっきり警察かロードサービスに電話でもかけるのかと思っていたのだが、その予測は裏切られた。

参ったな……。

目の前の横倒しの軽自動車がどうにかならない限り、Lさんは先へ進めない。

Lさん自身が警察へ連絡し、状況の説明をするという選択肢もあるにはあるが、仕事帰りの疲れた深夜に他人の起こしたトラブルに巻き込まれたくは無かった。

走り去った男は、どこへ行ったものなのかまだ帰ってこない。

仕方ないので別なルートを通って帰ろうと思い、自分の車に足を進めると向こう側から先ほど走り去った男が息を切らせて走って来る。

なんで？

ついさっき走って行った方向とは真逆である、まさかわざわざ上の線路を乗り越えてこちら側から走ってきたとでも言うのだろうか？

全く理解できない、理解はできないがチャンスではある。

「ちょっとちょっと」

声をかけて彼を制止しようと手を伸ばす。

「大丈夫っす！　大丈夫っす！」

そう言って、また物凄い勢いで駆け抜けていく。

なんだアイツ。

確かに体は大丈夫そうだ、しかし……。

自分で事故を起こしておきながら、事故処理の手続きも踏まずに現場の周囲を走り回るなんて、何を考えているのだろう。

あるいは、頭でも打っているのか？

そう思い至ると、にわかに心配になってくる。

何となく離れられないような気持ちでその場に留まっていると、後方から車のライト。

「ありゃ、事故？　大丈夫？」

初老の男が軽トラックから降りて来て、そう訊ねてきた。

「あ、いや、私じゃないんです、私が来た時にはもうこうなってて」

「警察には通報したの？」

面倒くさい事になってしまったと思いつつ、事のあらましを説明する。

「車、一人だったんだろか？」

彼はそう言いながら、横倒しになったままの軽自動車に近づいていく。

そう言われれば、そうだな。

確かめてはいなかったが、あの男の様子だとおそらく一人乗りだったのだろう。

Lさんも、軽自動車に向かって歩く。

近づけば近づくほど、全然大丈夫ではなさそうな状況が目に入ってくる。

あれ？　さっきまでこんなんだったっけ？

いくら薄暗いガード下であっても、ここまでの状況を見逃していたことが信じられない。

ひしゃげたバンパー、周囲に飛び散っているガラス片。

地面にくっ付いている状態の運転席からは、何か液体が大量にこぼれ出ている。

「ああ、これダメだぁ」

懐中電灯で車の中を照らしながら、軽トラの男が呟いた。

「それで結局、救急車呼んで警察呼んで」

事情聴取を受け、帰宅する頃には空が白み始めていた。

「俺は自分が見たままをありのままに話したんだけどね。男が飛び出て来てって話も含めて」

アルコールの呼気検査まで受けさせられたそうだ。

「そんな男は乗ってないって、車の中についてたドラレコが決め手だったみたい」

別な意味で怪しまれたが、Lさんに過失があるわけではない。

「『お疲れのようですね』って、そんだけ」

車を運転していた女性は、搬送先の病院で亡くなったとのことだった。

「まぁ、確かに妙な男だったから……事故ってるのに嬉しそうに『大丈夫です！』って……あれさあ、運転手の女を殺そうと思ってたんだろうね、そういう意志の塊《かたまり》って言うか、幽霊みたいなのとはちょっと違うのかな……生霊とかって方がしっくりくる感じ」

あるんだなぁ、って思ってさ……。

Lさんはそれ以来、首からぶら下げているというお守りを振って見せた。

友情のしるし

〝怖い話じゃないよ？　笑い話さ〟と前置きされて伺ったお話である。

「転勤で飛ばされた、見ず知らずの街でさ」

当時、Tさんは仕事終わりには必ず繁華街に繰り出した。

「酒を飲むのは好きだしね、何よりも、その街の雰囲気とか文化とか、そういったものを知るには現地の人と親しくなるのが一番だと思って」

居酒屋、小料理屋、バーにスナックと気の向くままに訪れては酒を楽しむ。

「酒の力を借りて、地元の人たちと仲良くなっていくんだ。仕事の面なんかでもそういった縁が役に立つこともあったしね」

そんな風に過ごしていた頃、ある飲み屋で知り合ったのだという。

「アル中のじいさんでね、元船員だって言ってた」

常連面した大きな態度で店にやってきてはツケで飲んで帰っていく。

金の払いが悪いことから店側には煙たがられていたそうだ。

「飲ませないなら飲ませないで店に難癖《なんくせ》付けて暴れたりするから、どこの店でも適当に一杯二杯飲ませて返すのよ。その界隈では悪い意味での有名人」

その老人、Sさんに絡まれたのが馴《な》れ初《そ》めだった。

「カウンターで横に座ったと思ったら、勝手に俺のボトル開け始めてさ」

忌々しそうな顔でSさんを追い出そうとする店主を制して、酒をすすめた。

「まあ、気まぐれっていうかね、話し相手も居なかったし」

気を良くしたSさんが語る若い頃の武勇伝等を聞きつつ、グラスを傾ける。

「何を喋ってたかなんて覚えてないよ、安酒飲ませて喋らせて、そういう雰囲気を楽しみたかったってだけで、マトモに付き合おうだなんて思ってなかった」

以後もちょくちょく顔を合わせ、その度に酒を奢《おご》ってやった。

——先生！　先生！

人懐っこく寄って来るSさんに餌付《えづ》けでもするように接する。

「タバコが切れたら走って買ってきてくれたりね、まぁ駄賃代わりにくれてやる釣銭目当てだったんだろうけど」


酒場だけの付き合いが半年も過ぎた頃。

その日、Sさんは薄汚い紙袋を大事そうに抱えてやってきた。

「『俺の宝だ』って言ってたね」

南洋で取ってきたというキラキラした貝や、何かの化石らしいこぶし大の石、大石内蔵助の置物など、およそ価値のなさそうなものが新聞紙に包まれてギュウギュウに詰め込まれていた。

Sさんはその中から包みを一つ取り出し「これは友情のしるしとして先生にやる」と言うと、何やら押し付けるように手渡してきた。

酒瓶の中に細かい細工の船がある。

若い頃に彼が作ったのだと言う、ボトルシップ。

黄ばんだボトルのキャップを開けると、小便のような臭いがした。

「いらねえ……って思ったけどね、一応ニコニコ笑いながら貰っといた」

Sさんは「これで五分だな」などと言い、酒をあおっている。

「幸せな人なんだよ、可哀そうだけど幸せな人」


それから更に数か月、同じような付き合いが続いたある日。

「金貸してくれって」

聞けば、どうも体の調子が悪く病院を受診したいが、保険証を持っていないので大金がいるのだということをまくし立てられた。

「十万貸してくれって言うんだけど」

当然、返って来る保障などない、つまりそんな金は貸せない。

「一回貸したら癖になっちまうだろうなっていうのもあってさ」

毅然《きぜん》とした態度で断った。

Sさんは「ホラ、腹がこんなになって」と黄ばんだシャツをまくり上げて見せたり、白目を剥《む》いて「こんなに黄色くなってるんだ」などとしきりに体調不良の証拠を見せつけてきたが、Tさんにはどうでもいいことだった。

「あくまで酒場での付き合いだよ、それ以上踏み込んだ関係になることは避けたかった」

頑《かたく》なに金の貸し出しを断り、終いには無視するように他の席の客と話すようになったTさんの横で、Sさんはしばらくアピールを続けていたようだったが、気が付けば居なくなっていた。

「ああ、諦めたなと」

どうせそのうち「先生!」といいながら酒をせびりにやってくるだろうなとTさんは思っていた。

しかし、Sさんはその数日後の朝、路上で血を吐いて倒れているのを発見された。

「もうその段階で死んでたって」

噂にはなったが、その後、どんな手続きでどういう風な顛末《てんまつ》になったのか具体的なことは誰も知らなかった。

「迷惑がられていたにしろ、あんだけ頻繁に顔を合わせていたのにな、だれもあの爺さんのことを気にもしてなかったんだなぁって」

別段悲しくは無かったが、街場で繰り広げられる人間関係のうすら寒い側面を見たような気になった。

「世知辛《せちがら》いなあって、自分のことなんだけどね」

Tさんは、Sさんの死を知ってから妙な夢を見始めた。

「Sさんが凄く苦しそうにしているのね、そんで『水くれ水くれ』っていうから俺も水をやりたいんだけど、どこを探しても無いわけ、困ってるとSさんがどんどん弱っていってさ、干からびたようになって最後には死んでしまうんだ」

毎晩のように、同じ夢。

「縁起でもねえなって、死んだ人の夢見るんだもの」

そんなある日、ふと気づく。

「そういえば、あのボトルシップどうしたんだっけって」

いつか貰ったボトルシップ、捨てた記憶はないので自室のどこかにあるはずだが、すっかりその存在を忘れていたどころか、どこに置いていたのかすらも覚えていなかった。

「思い出すと気落ち悪くてね、夢のこともあったし」

仕事から帰ると、自室の中で思い当たる場所を探して回る。

それは、玄関の靴箱の中に入っていた。

「ああ、あったあったと思って」

早速捨ててしまおうと手を伸ばす。

「その瞬間だよ、音もなくビンが割れてさ」

キラキラと崩れたボトルの破片に飲まれ、中の船は海に沈んだ沈没船のようだ。

周囲には、乾いた小便のような臭いがたちこめている。

「ああ、これ『友情のしるし』だって言ってたなと……これですっかり縁が切れたんだなって思ったよ」


それから——。

「時々さ、何の前触れもなくフワッと小便の臭いが部屋にたちこめることがあるんだ」

違う街へ引っ越して、部屋を変えた現在でも、その現象は続いている。

「友情、まだ続いてるのかなって……どう？　笑えるでしょ？」

そう言って笑うTさんの顔は、どう見ても無理をしているようだった。

落下と思春期

「俺たちはアスレチックって呼んでたけど、電柱ぐらいの太さの木を使って作られた遊具でね、一階、二階、三階と高さに応じてそれぞれスペースがあって、そこに登って遊ぶの」

〝老朽化したため危険である〟との判断から、数年前に取り壊されてしまったというその遊具は、地面から最上階である三階までの距離が十メートルはあったという。

「老朽化してなくても危険だったよ、落っこちたらただじゃ済まない高さだもの」

時代によるものなのか、今では考えられない程にリスキーな遊具。

「それでもさ、危なければ危ないほど子供には魅力的に見えるもんで、俺らは我先に登ってたわけなんだ」

子供達はこぞってそのアスレチックに集り、どこまで登れるかで格付けし合った。

「ドン臭かったりビビりだったりする奴らは頑張っても二階までしか登れない、だから三階まで登れる子供は、仲間内でも偉ぶれるわけ」

三階まで登るルートにもいくつかあり、それぞれ難易度が違うため、三階に昇れたら昇れたで、どのルートから昇ったのかで細かい格付けがあったらしい。

「俺は、一番簡単なルートからしか登れなかったから、まぁ中の上っていう格だった」

子供たちは、その遊具の低い所からは割と頻繁に足を滑らせ落下した。

「高い場所なら気をつけるけど、低い場所だと油断したんだろうね」

ちょっとした怪我なら日常茶飯事であったそうだ。

そんな危険極まる遊具で遊んでいた彼らの中の一部、すべてのルートから三階まで登ることができる子供達の一群が、ある日、新しい遊びを考えた。

「二階の高さから落っこちるんだよ、しかも後ろ向きで」

スキューバダイビングのダイバーが、船から海中に潜る時の要領で、二階の縁に腰かけたまま、後ろ向きで落下する、そんな遊び。

「ちょっとね、今思い出しても考えられないよね、有り得ない」

しかし、彼らは楽し気に落下していた。

二階の高さはおよそ六、七メートル、落っこちれば大人であってもタダでは済まない。

「それをさ、クルクルって体操の選手みたいに綺麗に落っこちていくわけ」

一人がそれをやりだすと、度胸自慢の子供たちが次々に真似しだした。

一度の落下では気が済まず、ゲラゲラ笑いながら皆で仲良く落下、しかも後ろ向き。

「流石《さすが》にさ、俺は真似できなかったよ、あいつら頭オカシイんじゃねえかと思ったもんだ」

落下時の衝撃を考えれば、いくら綺麗に落っこちたとしても無傷ではいられない。

ましてや、バランスを崩して頭から地面にぶつかれば死んでしまうことも十分有り得る。

「それが、誰も怪我しなくってさ」


ある時、彼らの中の一人が、どこからかエロ漫画を拾ってきた。

殆どの子供たちはエロ漫画に興味を示さず、いつものように落下遊びを繰り返す。

しかし数人、木陰に隠れてエロ漫画を読みふけっている奴らが居た。

熱心に読みふけった後で何食わぬ顔で仲間に合流し、アスレチックから落下。

「大怪我、三人」

どんな着地をしたのか不明だが、一人は折れた骨が皮膚を突き破って外に飛び出ていた。

「いやね、俺はその光景をみて〝思春期に入ったんだな〟って思ったんだ。もう子供の時間は終わりなんだなって。もちろん、当時は思春期の意味なんかわからないし、何でそんな事柄が頭に湧いて出たのかもわからん。そんなに賢いタイプじゃなかったし、今考えても思春期に入ったから落っこちて怪我するっていうのの意味がわからん。でも思ったんだよな」

彼は続けた。

「子供の時分って、何か特殊な力か何かが働いてたんじゃないのかねえ？　当時の俺の感想も含めてわけわかんないもんな、超能力？　とはちょっと違うか」

それ以降、彼らはアスレチックからの落下遊びを止めた。

拾ったエロ漫画を、皆で読むようにもなった。

チャリンコライダー

小学校の上級生が騒いでいるのを見たのが最初なのだそうだ。

「朝にさ、学校に向かって歩いている途中、皆で手を振ったりしてるんだよね」

子供たちは口々に『チャリンコライダー』という言葉を発していた。

Wさんも気になって彼らが手を振る先に目を向けるが、別に変わったものは見えない。

「何だろうって、皆すごく楽しそうにしてたから」

殆《ほとん》ど毎日のように聞こえて来る『チャリンコライダー』という言葉。

「俺は何のことなのかわからなかったけど、皆が楽しそうにしているのを見て、いいなぁって思ってたんだ」

引っ込み思案で人見知りだったWさんは、その子供たちの輪に入れず『チャリンコライダー』について訊いてみたくても、我慢していた。

「何なんだろうって、俺も混ぜて欲しいけど、ダメかなぁって」

その頃、彼は小学校低学年、友達は少なかった。


この『チャリンコライダー』という現象がどういうものなのか、わかりやすく描写するとこうなる。


朝、子供たちの一群が学校へ向かって歩いている。

誰かがふと顔を上げると「チャリンコライダーだ！」と叫ぶ。

周りの子供たちはそれにつられるように四方を見回し、チャリンコライダーを発見。

口々に「チャリンコライダーだ！　チャリンコライダーだ！」と歓声を上げる。

「おーい」と手を振る者、その場で爆笑し合う者、チャリンコライダーの真似をしているらしい者、様々な反応が巻き起こり、殆どの子供たちは嬉しそうに盛り上がる。

そうやってひとしきり騒いだ後は、何事もなかったようにまた歩き出す。

しかし、一部の子供は取り残されたようにポカンとしたまま。

便宜的に登校時の描写となったが、下校時にも、近くの公園で遊んでいる時ですら、似たような現象は起こった。Wさんの話によれば、全校的な規模のものではなく、彼が通っていたある通学路上でのみチャリンコライダーは観測され、現れる場所も、その通学路を使用する子供たちの学区に限られていたそうだ。

「うん、だからチャリンコライダーは皆に見えているワケじゃないのね、同じ通学路を通っていても、十人居れば八人ぐらいはそれを見てるんだけど、残りの二人は見えないから困惑しちゃうっていう」

当時、Wさんも、チャリンコライダーを見ることのできない子供だった。

「どんなものなのか姿が見えないから、混ざれないんだよね。周りが楽しそうにしているのを、端っこで見守るだけ」

でも、何となく気付いてはいた。

「そんなもん本当はいなくって、あたかもそれがいるように振る舞う事自体を楽しんでいるんじゃないかって」

小さな子供にしては、上出来な推理である。

しかし。

「いやさ、だけどそのうち、俺も見えるようになったんだ、チャリンコライダー」

彼が、小学校四年生の時だという。

見てみれば見てみたで、それはあんまりな現実だった。

「普通のオッサンなの。普通のオッサンがヘルメット被って変速式の切り替えの付いたチャリンコに乗ってるっていう、それだけの話」

ちょっと離れた別な道を、自転車に乗ってどこかへ走っていく中年の男。

低学年の頃は、余りにも周りが盛り上がって見えたので、彼はてっきりヒーローのような存在が華々しく登場してくるのだと想像していた。

「だから、まさかチャリンコ漕いでるだけのオッサンだなんて思わなかったんだ、もう見えちゃえばホントに、ただのチャリンコライダーなんだよ」

〝ヒーローがそこにいるハズ〟という幼い先入観が生んだ盲点、よもや一般の男性が自転車を漕いでいるだけだなどとは夢にも思わなかった。

蓋を開けてみれば『チャリンコライダー現象』は、何かの用事で自転車に乗っている中年男性を冷やかし、馬鹿にして盛り上がるという、悪趣味な遊びに過ぎなかった。

「俺はなんて言うか、仲間内のそういう〝身内ネタ〟って気持ち悪いなと思ってたし、ただの貧乏そうなオッサンがチャリンコ漕いでるのを冷やかすのも嫌だったから、正体がわかってからは興味を無くしてたんだけど」

殆どの子供たちは、低学年の頃に上級生が盛り上がっていたという記憶をなぞり、自分たちもそうするのが当たり前だと言わんばかりに、チャリンコライダーで盛り上がり続けた。

もはや、チャリンコライダーは彼らの伝統であった。

そして、やはり存在する〝見えない子供〟。

「低学年の子が『チャリンコライダーって何なの』って泣いてたんだ、俺もあんなだったなと思ったから、教えてやったんだよ『ただのオッサンが自転車漕いでるだけだよ』って、次に皆が騒ぎだしたらオッサンがチャリンコ漕いでるのを探せって」

チャリンコライダーは、毎日のように現れる。

別に珍しいものではない。

「ちょうど次の日の朝、その子が近くに居たからさ『あれ、アレだよチャリンコライダー』って指さして教えてやったんだ」

その子は目を凝らして周囲を見回すが「見えない」と言う。

「そんなわけないんだよ、ちょうど道一本そっち側、直ぐ近くを走ってたんだから」

Wさんはその時五年生、その子にチャリンコライダーを見せなければという義務感に駆られ、たびたび同様のことを繰り返すが、どうしてもわからない様子。

「その頃からだな、アレ？　なんか変じゃねえかって思い出したのは」

考えてみれば、おかしな点はいくつもあった。


チャリンコライダーは、いつも同じ服を着ている。

チャリンコライダーは、いつも同じヘルメットをしている。

チャリンコライダーは、いつも無表情。

チャリンコライダーは、いつも自転車に乗っている。

チャリンコライダーは、いつも小学生を無視する。

「普通、怒るだろ？　毎日毎日ガキに煽られたら」

確かに、Wさんの覚えている限りでも、少なくとも六年の間、チャリンコライダーは毎日のように小学生に舐めた態度で囃《はや》し立てられている。しかし彼が小学生を窘めたり、あるいは学校へ苦情を述べたなどという話はない。

「それにさ、朝昼夕といっつもどこでもチャリ乗ってるんだよ、登下校以外の休みの日なんかでも公園を通りがかったりするんだから」

言われてみればそれもおかしい、もっとも普通の勤め人であるのならばだが。

「こんなに近くで、それこそ毎日会ってるのに、アイツがチャリに乗っている以外の姿を見たことがないってのも不思議だったし」

Wさんがチャリンコライダーに決定的な疑問を持ったのは、それから少し経ってのこと。

「ライダーが二人になったって言うんだよ」

言われて程なく、Wさんもまた、全く同じ服装で、全く同じ自転車を漕ぎながら、全く同じ方向へ並走する、全く同じ二人のチャリンコライダーを見た。

「分身してるとか、双子だったとか、そんなこと言いながら周りの奴らは爆笑してたけど、そんな問題じゃねぇだろって、ギャグでもあるまいし」

一人疑念の海に沈み込んでいるWさんを尻目に、周りの小学生たちは二人になったライダーを変わらずに囃し立てた。

「ライダーもだけど、それに疑問を持たないコイツ等も変だよなって」

そして六年生のある日、彼の目にチャリンコライダーは映らなくなる。

「見えなくなっちゃった、他の奴らは変わりなく見えているようなのに」

Wさんがライダーを見せようと頑張っても、結局見えなかったあの子が、見えなくなった彼に変わるようにしてライダーに手を振っている。

「うん、ちょっと怖かった」

小学校六年生と言えば、少しは一般常識を知る頃だ。

それでも、身近にいる子供たちは、チャリンコライダーが普通の人間であるということに関して、何の疑問も覚えていないようだった。

見えなくなってしまったWさんだけが、その異常性を知っている。

見えないものを、親や学校の先生に相談などできない。

見えている他の子供達にとってライダーは現実であり、同様に相談などできない。最初から見えていない子供や、他の通学路を通ってくる「ライダー現象に含まれない子供」には「そんなもん最初からいないんでしょ」と皮肉交じりに言われただけ。

Wさんのように、見えていたのに見えなくなったという子供は他に居なかった。

「居たは居たのかも知れないけど、探すことは難しかった、つまりさ、それっていうのは自分が所属する〝見えるグループ〟っていう枠から外に出るっていう意味だから、そうなれば楽しく登下校できなくなってしまうでしょ、見えなくっても話を合わせることはできるし」

もともと友達も少なく、見えるグループの中でも斜に構えた存在であった彼だけが特殊な存在であったのかも知れない。

「今思えば、マセたガキだったからね俺、どこかで納得もしてた。そんなもんかも知れないって。今だったらもっと色々と嗅ぎ回ったりするんだろうけど、その辺で割り切れた辺りが、やっぱりまだ子供だったんだな」

その後、中学生になり、別な通学路を通るようになってから、チャリンコライダーの話題は出なくなった。

もっと大事な現実を認識した子供たちにとっては、自転車で駆け抜ける中年男性など恐らくどうでもよくなったのだろうとWさんは言う。

「まぁ、あるいは、慢性的なヒステリーっていうか、コックリさんみたいな集団催眠みたいなもんだったのかもね。結局あれが何だったのかはわからないままだよ」

ただ、と彼は続けた。

「この頃思うんだよね、小さい頃って、もっと地面が近かったよなって。雨が降ってる時には当たり前のようにカタツムリを見つけたし、ヘビもトカゲもその辺にウヨウヨしてるのがわかってた。じゃあ今カタツムリ見つけてこいって言われてもね、結構大変だと思うんだよ、もう日々の目線がそんな所にはないからさ。だから多分、そんな子供の目線でしか見れないものもあるんじゃないかなって。それがなんでチャリンコに乗ったオッサンだったのかはわからないけどね」

Wさんは、自分の幼い子供と『トトロ』を見る度に、必ず、走り行くチャリンコライダーの姿を思い出してしまうと笑った。

桃の匂い

Mさんは幼い頃から、葬式が好きだ。

「正確には、お葬儀の時、棺桶に入った死体を見るのが好きなの」

それには理由がある。

桃の匂いがするのだそうだ。

「お棺の、あの窓の所から死に顔を覗きこむじゃない？　そうすると何とも言えない甘い、良い匂いがするのね、もうメロメロになっちゃうくらいの良い匂い」

子供の頃は、それが当たり前だと思っていた。

「私以外の皆が、わざわざ棺を覗きこむのは、この桃の匂いを嗅ぐためなんだろうなって思ってたぐらい」

思えば、葬儀の多い家系だったという。

「お婆ちゃんの兄弟が多くってね、田舎だったってのもあって、その兄弟の結婚相手の親戚なんて人達とまで付き合いがあったから、毎年のようにお葬儀があって」

本家筋の家だった事もあり、Mさんのお爺さんやお父さんには親族が亡くなると必ず「知らせ」が入り、葬儀の手配や準備等の中心的な役割を果たすことになっていた。

「だから私も、それについて行ってさ」

線香をあげながら手を合わせると、待ってましたとばかりに棺を覗きこむ。

脳が桃の汁に漬けられていると感じる程の、濃密な匂い。

一度それを嗅ぐと、しばらくは頭の中がその匂いで満たされる。

「クラクラってなるの、本当に気持ちよくって」

親族は彼女のそんな性質を知らないため、葬儀の場でじっとその余韻に浸っている彼女を見て「本家の孫だけあって立派だ」などと誉めそやす、そう言われると祖父も父親も気分が良いので、そういった場にMさんをわざわざ連れて行くようにもなる。

「良いサイクルだよね、近い親戚じゃないのに学校休んでまでお葬儀に出たこともあったよ」

彼女は成人を迎えた現在も、死に顔を見ると強烈な桃の匂いを感じるという。

今では子供の頃のように陶酔するようなことは無いが、それでも葬儀の際には胸が躍る。

「共感覚ってあるでしょう？　文字を読むと味がしたり、色を見ると音楽が聞こえたりするっていうアレ、あれじゃないかと思うんだよね」

すると、ネット等で出回っている死体の画像などでも同じ効果が得られるのだろうか？

「それがダメだったんだよね、初めてインターネットで検索した言葉が『死体』だったぐらい期待してたんだけど、画像じゃダメみたい」

そうであれば、共感覚というのとは違うのでは……。

「共感覚って、天才に多いんだって、私天才なのかも」

何の才能なのかは、わからないけれど。

二人が立っていた

Iちゃんがまだ幼稚園の年長組だった頃。

ある日、いつものように自宅の周りで一人遊びをしていると、少し離れたバイパス道路の方で、誰かが手を振っている。

自宅から百メートル程の距離にある、新しくできた道路。

車道の向こう側、歩道にある街灯のふもと、そこから手を振っている誰か。

——きっと自分に向かって手を振っているんだ。

こちらからも手を振り返すと、隣に居たもう一人が、大きく手を振り返した。

二人並んで、手を振っている。

——何だかわからないけど、楽しそう。

もしかしたら、誰か知っている人なのかも知れない。

『車に轢かれるから、大きい道路に行ってはダメだよ』

そう、普段から言いつけられていたが、何だか居ても経ってもいられない気持ち。

すぐ側にある畑では、お婆ちゃんが野良仕事をしている。

「ばあちゃん、あれ」

手を振る二人を指さしてその存在をアピールするも、何を勘違いしたのか「あっちゃ行ってダメだよ」と、にべもない。

だけど、どうしても気になってしまう。

あの二人の所に行ってみたくて仕方が無い。

お婆ちゃんが畑の向こう側でご近所さんと談笑を始めたのをきっかけに、Iちゃんは駆け出した。

一生懸命走って、一メートル程のバイパスの斜面を登ると、対面にお兄さんとお姉さんがいて、ニコニコと手を振ってくる。

——やっぱり私に手を振っていたんだ。

嬉しくなり、ガードレールを潜って車道に飛び出すと、向こう側の歩道に走る。

息を切らせてたどり着いた先で、お兄さんとお姉さんは待ちかねたとばかりに、Iちゃんの頭をグリグリ撫でると、綺麗な花を一輪くれた。

優しい二人だと思い、お家に招待してもらおうと考えた。

お婆ちゃんはいつも『お茶でも飲んでいって』と皆を家に招いている。

そうであればこの二人もお家に呼んでもらえるはず。

「待ってて！」

そう言って振り返ると、お婆ちゃんがこちらに走ってきているのが見える。

Iちゃんは、また車道に飛び出すと再び駈け出した。

――お花を貰ったと言えば、快く二人を家に招くはずだ。

思いの外、急いでやってきたお婆ちゃんと合流すると、二人からもらった花を見せる。

瞬間、サッと顔色を変えた彼女は「どっから持ってきたの？」とIちゃんに問うた。

――あの人たちに、あっちのお姉ちゃんにもらった。

そう答えたIちゃんの手を固く握ると、お婆ちゃんはそのまま家に向かって歩き出した。

何だか、怒っているように見える。

とてもではないが、あの二人を自宅に招きたい旨を伝えられる雰囲気ではない。

お婆ちゃんは自宅に着くなり、新聞紙でさっきの花を丁寧に包み、それをIちゃんに持たせると「これは、返してこないと駄目だ」と静かな口調で語った。

――せっかくもらったのにどうして？

思ったが、反論できるような様子ではなく、しぶしぶと了承した。


お婆ちゃんに手を引かれて歩く、バイパスへの道のり。

向こう側で手を振っていた二人は俯《うつむ》くように、じっとしている。

さっきまでの楽しげな雰囲気が嘘のように立ち尽くしている彼らと、半泣きのIちゃん。

優しかった二人を裏切るようで心苦しかったという。

手を引かれながらバイパスを渡り、新聞紙に包んだ花を手渡そうとした。

二人は俯いたまま、Iちゃんの方を見ようともせずに黙っている。

放心したような表情の彼らは心なしか陰って見えた。

水気の無い存在感、何の反応も返して来ない二人。

するとお婆ちゃんが「そこに置いでしまえ」と言い、足元を指差す。

そっと新聞紙に包まれた花を地面に置くと、見上げるように二人の様子を伺う。

お兄ちゃんの方が何かを言いたげに口をゆっくり動かしている、だが声は聞こえてこない。

「戻っぺし」というお婆ちゃんの声。

後ろ髪を引かれる思いでその場を後にした。

次の日も、そして次の日も、バイパスの方を見ると二人が手を振っている。

「ばあちゃん、あれ」

そういって指さす度に、祖母の両手で目を塞がれ家に連れ戻された。

そんなことが何度も続き、とうとう「あの二人は見てはダメな存在なんだ」と自覚するに至ったIちゃん。

小学校に上がっても、まだ二人は手を振っている。

両親と一緒に車で市内に買い物に行く際も、二人はバイパスに立っている。

できるだけ、見ないようにした。

その頃には、もうその二人がこの世のものではないということを知ってしまっていたから。

寄り添うように立っていた優しいお兄ちゃんとお姉ちゃんは、いつの頃からかその境界を無くし、半分ずつが歪《いびつ》にくっついた一つのものになっていた。

中学、高校と、それは徐々に形を歪《ゆが》めながらそこに立ち続けていたそうだ。

高校を卒業し、東京の大学に通いだした彼女が地元に帰省したのは成人式の時。

上京以来、二年間戻って来なかった田舎。

もう、二人はあの場所から居なくなっていた。

東京への帰りがけ、彼女は例のバイパス、街灯の下に一輪の花を供えた。

あの時貰った花と同じ、白い菊の花。

あの頃、交通事故で亡くなったという、若い男女の冥福を祈った。

お祭りの日

大学生のNさんはその日、友達数名と一緒に地方の夏祭りに繰り出していた。

女の子同士、それぞれが浴衣を着ての参加、賑やかな街の様子につられ、ついついはしゃいでしまう。

出店屋台を冷やかしながら、時間も忘れて歩き回っていると『よっ！』と声をかけられた。

確か、同じ高校の同窓生である。

バレー部かどこかに所属していて、女子に結構モテていた。

名前は確か○○君。

Nさんは、彼とは話したことも無く、たまに廊下ですれ違う程度。

なぜ、彼がここにいるのだろう?

自分の高校がある地元とこの街は、距離的にも随分離れている。

というかそもそも、なぜ私に声を掛けたんだろう?

『えっ?』と思い記憶を探っているうちに、彼は人ごみに飲まれ居なくなっていた。

「誰アレ?　カッコいい!」

一緒の女の子たちが、口々に彼の容姿を褒めたたえる。

「高校の同窓生なんだけど……」

それ以上は何も言えない。

彼とは何の接点も無い、名前ぐらいしか知らない。

そんな彼が、どうして自分の事を覚えていて声まで掛けてくるのか、不思議。


時間が経つにつれ、大通りを練り歩く人たちはどんどん数を増していく。

熱気と喧騒、大きな笑い声と、子供の泣き声。

別な通りではパレードが始まったようだ。

意味も無く買ってしまった、伸びるゴムの人形をもて遊びながら、人ごみを掻き分ける。

『よっ！』

また彼だ、一体何なんだろう？

疑問を返す間もなく、再び人の流れに巻き込まれるように消えて行く。

一緒の女の子達は気付かなかった様子で、少し離れた所でNさんを呼んでいる。

お祭りに関わっているのだろうか？　連れらしき人も見えなかったし……。

忙しそうな雰囲気で、歩きまわっている様子なのに……。

考えても答えは出ない、彼が何の目的で自分に声を掛けてくるのか。

夜を迎え、祭りはいよいよ佳境に入る。

楽しみにしていた花火だったが、頭の中は彼で一杯になっていた。

あの後も何度か同じように声を掛けられたが、結局同じようにすれ違うだけ。

一言の言葉も交わせていないのが口惜しい。

そんな気持ちもあってなのか、夜空に打ちあがる花火も、色あせて見える。

祭りが終わって数日後。

実家に頼んでいた高校時代のアルバムが届く。
彼の顔も苗字も覚えている。
ただ名前がなんだったのか、思い出せない。
アルバムをめくり、彼を探す。
見つからない。
部活動ごとのページ、バレー部の写真にも彼は映っていない。
――ちょっと待って。
ここに至って、あんな男の子とは文字通り何の面識も無かったことに気付く。
高校時代の同級生などではなかったということに気付く。
どうして、あの時は、何故。
――そんな風に思ったんだろう。
当時親しかった人たちの顔さえ、殆ど思い出せないのに。
○○君、なんて、苗字まで。
バレー部だったとか、女子にモテていたとか。

急に気持ち悪くなる、怖い、だけどそれ以上に、悲しい。
独りでに涙がこぼれる。
ポロポロと頬を伝う涙の粒を感じながら。
お祭りだったんだな、と思う。

はしご

梯子《はしご》がかかっていたそうだ。
向かいの家の屋根の上、一階の屋根から二階の屋根へ斜めに立てかけられている。

その家にはRちゃんの中学校の先輩が住んでいた。
家から一歩も出ず、十年近く引き籠《こも》った末、数か月前に自殺した。
高校にも通わなかったという。
Rちゃんは、彼が中学を卒業して以来、姿を見たこともない。
そもそも中学時代にさえ話したことすらなかった。

何かの工事であれば、それらしき作業をする人間の姿があってもいいはず。

しかし、そのような様子はついぞ見たことがない。

何の目的があってああしているのか、見当もつかない。

つい気になって凝視していると、母親が「どうしたの？」と訊ねてきた。

「あれ、あの梯子なんだけど」

そう言って指さす方向を母は怪訝《けげん》な顔で眺め見る。

「どれ？」「あれだよ、向かいの家の」

母親は、これまで気にしたことはないのだろうか？

こうやって指などささずとも、わかって当たり前の位置にあるのに。

「ないよ？　何？」「あるじゃない、梯子」

父親も出てきて、やはり見えないと言い張る。

そんなはずはないのだが、こんな下らないことで揉めても仕方が無い。


仕事から帰宅し、その日の夕食時。

「あんた気味悪いこと言わないで」と母親。

梯子の話か、別に気味が悪いというわけでもないだろうに。

「○○君が自殺してしまって、お向かいさんも大変なんだから」

妙な噂になったら申し訳ないと母親はRちゃんを諭した。

屋根に梯子がかかっているだけで、一体どんな噂が立つというのか。

「○○君、脚立で首を吊ってたって」

言われて、窓から向かいを眺める。

夏の夕暮れに、薄ぼんやりと浮かぶ梯子。

なるほど、中央の部分がくびれている。


やっぱり何も見えない？　と両親に問う。

二人とも、頷いた。

するとあれは、脚立の幽霊という事になるが……。


中学時代にもらった無記名のラブレター。

何となく、向かいの○○君ではないかと思っていたそうだ。

お祓いしていますから

Hさんが母親の見舞いのために病院の玄関をくぐったのは、その日の二十時ごろ。

面会時間内ギリギリだったため、周囲に人影はまばらだ。

母親の部屋がある三階病棟まではエレーベーターを使う。

やってきたエレベーターに乗り込み、三階のボタンを押したところで、こちらに向かって駆けてくる人の姿が見えた。

喪服のような、黒い服をまとった女性であったという。

——あの人もエレベーターに乗るんだろうな。

そう思い〝開〟のボタンを押したまま、彼女が乗り込むのを待った。

急いでいる様子の割に、ススッと音もなくエレベーターに乗り込んでくる女性。

Hさんに礼を言うでもなく、エレベーターの奥に無言で佇《たたず》んでいる。

「何階ですか？」

ちょうど階数ボタンの所に立っていたHさんが、気を使って話しかけるも返答はない。

かといって自分でボタンを押すでもないので、自分と同じく三階へ向かうのだろうと理解し、それ以上は声を掛けなかった。

——ご不幸があった方かしら？

黒い服でこんな時間に駆け込んで来たところを考えれば、有り得なくもない。

もっとも、病院へ喪服でやってくるというのは如何《いかが》なものか。

そんなことを考えながら、階数を示すランプを凝視した。

〝チン〟と音がしてエレベーターのドアが開く。

Hさんはまたしても〝開〟ボタンを押すと「どうぞ」と言って振り向いた。

誰もいない。

さっき駆け込んで来たはずの、あの黒い服の女性がどこにもいない。

ビリッと電気が走ったような衝撃を覚えエレベーターから飛び出ると、足早にナースステーションに向かった。

途中、顔見知りの看護師を見つけて縋《すが》り付く。

——い、今、あの、エレベーターの中で
取り乱した様子のHさんを前に、看護師は動じるでもなく言った。

「大丈夫ですよ、ちゃんとお祓いしていますから」

大丈夫って、だって今——

「大丈夫です、ご安心ください」

もう、頷《うなず》くしかなかった。

「つまり、お祓いしないと大丈夫じゃないようなものが〝出る〟ってことだよね？」

確かに、やり取りを聞いた上で考えると、そうとしか思えない。

熊と婆ちゃん

その夜、E君は友人を乗せた車で峠道を走っていた。

特に何か目的があるわけではなく、暇つぶしのドライブ。

「田舎に住んでると、街場に出てもつまんないんですよね。酒飲むか、パチンコ屋行くか、カラオケ屋行くか、そのぐらいしかないので。まぁ女の子でもいれば違うんでしょうけど」

E君もその友人も、仲の良い女性がいるわけでもなく、かといって見知らぬ女性に声を掛けたりできるわけでもなく、仕事が終わった後の時間を持て余していた。

「そんで、何かいいことないかなって、まぁ山ん中走ってていいことなんてあるわけないんですけど」

良いことはなかなか起こらないが、悪いことはいつでも起きる。

友人とダベりながら快速に飛ばしていると、E君の運転する車の前方、茂みになっている斜面がゆさゆさと豪快に揺れていた。

速度を落とし、ハイビームにしたライトでその周辺を照らす。

目を凝らした先から、黒い塊《かたまり》がのそのそと出てくる。

「熊でしたね」

特に珍しいことでもないのだと彼は語る。

「熊《くま》とか鹿《しか》とか、七十キロぐらいのスピードの車とぶつかっても死なないですよ、むしろ車が壊れます」

下手に煽《あお》って体当たりなどされるとバンパー部分などは容易にひしゃげてしまうそうだ。

「その時もちょっと驚きはしましたが、そのまま通り過ぎました」

熊だったなぁなどとのんきなやり取りをしながら、再び速度を上げ始めた頃。

短い直線の先で、何かが動いている。

また熊か？　それとも鹿？

飛び出されてぶつかってしまっては一大事である。

再び速度を緩めて様子を伺った。

「婆ちゃんでしたね」

野良着を着てほっかむりをした老婆が、ヨタヨタと夜道を歩いてくる。

「いや、夜道っつっても峠ですからね、どっから来たのって思いましたよ」

しかし、それ以上に。

老婆が向かう先には、さっきの熊。

「そう、熊。熊が百メートルぐらい先にいるわけですよ、やられちまうぞって」

おいどうする？

助手席に座る友人がEさんに問うてくる。

「どうするって、取りあえず声かけて車に乗せるか、引き返してもらうかしかないじゃないっすか、その状況だと」

E君は車を停め、老婆に話しかけた。

——婆ちゃん、この先熊いるからダメだよ。

しかし、せっかくの声掛けに彼女は無反応。

「あぁ、これボケてんのかなって思いました、徘徊してんのかなって」

彼の住む地域では、熊の出没情報と、老人の行方不明については三か月に一度ぐらいの割合で公共のスピーカーからアナウンスされる程一般的な出来事だそうだ。

「困ったことになったぞと、熊も厄介ですけど、ボケちゃった婆ちゃんも。どういう扱いすればいいのか……」

ただ、悠長に考えている時間は無かった。

もしかしたら、熊が近くに来ているかも知れない。

——婆ちゃん！　婆ちゃん！

大声で呼びかけるも、やはり老婆はE君を無視し、夜の峠道を歩いて行く。

「もう、無理矢理でも車に乗せて警察にでも連れていくしかないなと」

これ以上熊の近くに進まれてはE君達も車から降りられなくなる。

そうなるとピックアップどころではなくなるため、友人と共にすぐさま車を降りた。

老婆に向かって駆けだしはじめた、その時。

——だめだ！　あれ違う！

一緒に車から降りた友人が叫んだ。

「その大声にビビりましたよ、急に何なんだよって」

振り向けば友人は既に車に乗り込もうとドアを開けている。

E君も急いで車に戻る。

「いや、俺一人じゃ無理ですからね、奴が来なけりゃ」

おい！　手ぇ貸せや！

中の友人に向かって、今度はE君が叫ぶ。

「『いいから、いいから早く乗れ』って、すげえ焦ってたんですよ」

尋常ではない様子を見て怖気付いたE君も車に入る。

「なんなの？　どうすんの？って、婆ちゃん見殺しにすんのかって言ったんです」

――いや、あの婆《ばばあ》もう死んでる。

ガタガタと震えながら、友人が言う。

「はぁ？」振り返れば老婆の姿はもう見えない。

「おい！　何なの！」

――見ろ。

震える声でそう言って友人が指さす先、車の前方に、さっきの老婆。

「は？　えっ？」

野良着にほっかむり、ヨタヨタとした足取り。

「さっきあっちに行ったじゃねえかって、何でこっちから来んのって」

車内で硬直した二人の脇を、老婆が通り過ぎていく。

「ふうっ、うわあ」

一気にアクセルを踏み込んで、車を出した。

「本当に『うわあ』って言うんだなって、今思い出すと笑えますね」

E君の友人の語るところによれば、当初は彼も、E君を手助けするつもりで車を降りたのだという。しかしふと顔を上げた先、車のライトに照らされた前方から、今まさにカーブに消えようとしている老婆が再び歩いて来くるのを見て、瞬間的に声が出たらしい。

「熊も怖いですけど、幽霊も怖いっすよ『うわぁ』って出ましたからね、ほんと笑える」

後方の熊、前方の老婆。

「シャレにもなんないっすよ、何でこんな目に遭わなきゃならんのって」

その先も暫く続いた峠道を走っている間、いつまたあの老婆が前に出てくるか怖くて仕方がなかったとE君は言う。

「なので、体感として、熊よりは婆ちゃんの幽霊の方が怖いってことですね、帰り道では熊のことなんて忘れてましたから」

彼があとから聞いた話では、以前その峠で老婆が冷たくなっているのが発見されたことがあるとのことだった。

認知症を患い、徘徊した末の転落事故だったという。

信じた方がいいですよ

前作『厭怪談』のあとがきに『日本全国津々浦々取材に行きます』という一文を載せた。それが功奏したのか、今作『呪怪談』を執筆するに当たって、これまで私が活用してきたルートとはまた別な流れから多数の体験談を採話させて頂くことが出来た。

版元である竹書房の編集部へお電話を頂くなど、この世に怪談のタネは尽きぬのだなと、改めて驚いた次第である。

そんな中、元々の人づてネットワークの中からも、大口の怪談提供者が現れた。

彼、A君は、心霊スポットマニアなのだという。

鉄道ファンに『乗り鉄』『撮り鉄』と呼ばれる分類があるように、怪談ファンにもまた『撮り怪』『場所怪』『読み怪』など、どうやらそれぞれ棲み分けがあるようだ。

私の著作などを読んで頂いている読者の皆様は『読み怪』

A君のように心霊スポットに突撃することを趣味としている方々を『場所怪』。

聞くところによれば、心霊写真を撮ることのみに専念するサークルなどもあるという、
彼ら等は『撮り怪』とでも呼ぶべき存在だろう。

自分でも、イマイチなネーミングであるとは思うが、あくまで便宜上の分類なのでご容赦願いたい。更に、もちろんのことだが、それぞれのジャンルを又にかけたハイブリッド型の怪談マニアも多数存在するであろうことは疑う余地も無い。

さて、件のA君であるが、彼はもともと『場所怪』だった。

幽霊が出るというスポットや、あるいは出そうだと直感した場所には金に糸目を付けずに突撃する。近頃、世界遺産に登録された某所へも、あるルートを使って乗り込み、一泊してきたことがあると語った。もっとも、当時その場所は某民間企業の私有地であり、勝手に入り込むことは禁じられていたため、下手をすれば検挙されてしまうような危険を承知した上でのことであったらしい。

そんな筋金入りの心霊スポットマニアであった彼だが、いくら現場に突撃しても幽霊を見ることは無かった。

世間で大仰に喧伝されているスポット、ローカルでのみ有名なスポットや、大小様々な場所へ何百回と足を運ぶも、すべて空振り。

「例えば廃墟がありますよね？　そこに行ってその空気を吸って、散策して回るんですけど、基本的に廃墟ってどこか清々《すがすが》しいんですよ、乾いた爽やかさみたいなものがあって、幽霊なんてどう考えても出てこねぇだろっていう、そういう感じがありました」

あくまでA君の感想であり、一般的な受け止められ方ではないであろうということは追記しておくが、少なくとも彼はそういう人間であった。

自分が廻れそうなスポットはあらかた回り尽し、そのすべてで心霊体験をし損なった彼は、何か新しいスポットの情報はないかと思い、怪談本を手にしたのだそうだ。

「でもねえ、あまりにも多すぎて、何を買ったものかわからんのですよ、買ってみて読めば読んだで、何処《どこ》で起こった出来事なのかっていうのは書いてないことが殆どですし、正直なところ期待外れでした」

インターネットでの情報交換が一般化した現在において、自著において体験場所を記すことは、大小様々なリスクを伴う。

それこそ炎上ネタになりかねず、その場合の責任を回避したいという思いから、場所や個人は特定できないように配慮せざるを得ない。

特に私のようなビビりは、訴訟のリスクさえ伴うような危険な怪談を書けるはずもない。

故に信頼できる情報ソースとしての機能は、少なくとも今のところ、私の著作には無いと断言する。あくまで本として完結する『読み物』として楽しんで頂ければ幸いである。


話がそれてしまったが、A君である。

数多《あまた》ある怪談本の中で、手に入るものはあらかた読み終え、失望を新たにした彼は「こんなもんなら俺でも書ける」と思った。

「いや、俺は見たことないですけど、仲間内では『何処どこで何があった』って話は普通に聞いていましたから、それこそローカルネタで良ければ山ほどありますよ」

そのように思い至った末、自分で怪談話を書き始める。

「これまで聞いてきたことだけでなく、改めて聞かせて貰った話も書きました」

目の前に出されたフラッシュメモリをパソコンに入れて確認すると、二十話程の怪談がまとめられており、そのすべてに実際に怪異が起こった場所と日時が記されていた。

正直なところ、大分面白い内容である。

どうにか一話二話頂けないものか交渉しようと目論んでいると彼が言った。

「それ、あげます」

驚いて固まった私を横目で見ながら、彼は続けた。

「それをまとめ始めてから妙な事が連続したんですよ」

A君は、あくまで趣味の延長、心霊スポットの記録のような意味で採話した怪談話を文章化していた。

出版社などに売り込もうという気はさらさらなく、ウェブ上のサイトへの投稿も前記したのと似たような理由から避けた。

結果、彼の元には、行き場のない怪談話の数々が吹き溜まる形となる。

「文章にしたのは二十ですけど、訊いただけなら五、六十あります」

はじめは、なんとなく体が重い感じがしたのだそうだ。

「特に左の肩が重くなって、だんだんと辛くなってきたんです、パソコンで長々と文章を打つなんてことはこれまで経験がなかったから、そのせいかと思ってたんですが」

彼の左肩は日を追うごとにその重さを増していった。

「そんで何か冷たいんですよね、左腕が。いつも氷当ててるみたいに冷や冷やしだして」

しびれたり、感覚がなくなったりということはなく、ただただ冷たくなる。

「夏なのに布団かけて寝てても平気なぐらいでした、左腕が冷えてるだけで」

これはおかしいと思い、病院を受診すると、首のレントゲン写真を撮られ『取りあえずレントゲン上は異常ないですね』との診断。ただ、腕が冷えるという症状を重く見た医者がMRIを進めてきたため、更にMRIによる検査を受けた。

「やっぱり異常は無いって、ただ首とか肩甲骨の辺りは原因不明の痛みがでることって良くあるみたいで、あんまり酷いようなら注射とかする方法もあるって言うんですけど、断って」

湿布と、筋肉を柔らかくするという内服薬の処方だけしてもらった。

左肩の重みは、それで少しは楽になったのだそうだが、左腕の冷えだけはなんとも改善しない。

「そしたら知り合いが『針いいよ』っていうので」

紹介された鍼灸《しんきゅう》院で治療を受け、暫《しばら》く通院するように勧められた。

「そしたらその針の先生が『これ、症状的に保険適応かもしれないから診察してもらった病院に行って書類もらってくると健康保険を使って施術できるかもよ』って言うんですよ」

言われた通り、A君は検査を受けた病院へ向かった。

「そしたら『○○先生は暫くの間休診になります』って、診察してくれた先生の休診案内が出てて」

結局、別な医師に再度診察を受け、書類を完成させた。

「それから鍼灸院に通い始めたんですが」

A君に施術した鍼灸師が、全く同じような症状を訴えはじめたのだそうだ。

「いやぁこれは結構辛いねとかって言いはじめて」

それまで、施術後には概《おおむ》ね楽になっていた症状が、鍼灸師が症状を訴え始めてからというもの、どうにも効き目が薄いように感じられた。

「これじゃぁ、やっても仕方ないやって」

通院を止め、近隣の大きな銭湯に通い始めた。

「風呂もそうですけど、マッサージ機があったんで」

風呂上がりに、十分百円のマッサージ機を起動させ、背もたれを倒す。

数日間の間は、何の問題も無かったが――。

「止まるようになったんですよ、途中で」

銭湯の従業員に異常を知らせるが、試しに彼が座ってみると普通に動いた。

「というか、俺が座ると止まるんですよ、二台あるうちの両方ともが」

それでも諦めず通ったが、毎度毎度同じ調子。

「もういいやって、何だか気分的にも落ち込んできて」

そんな彼の様子を見ていたA君の彼女が、二人で居る時に肩を揉んでくれた。

「本当に気持ちよくって、手を当ててもらってるだけで楽で」

数日後、彼女は車を運転中に後方から追突事故を起こされ、頸部《けいぶ》のねん挫と診断された。

――おかしいでしょう？　絶対に。

こと此処《ここ》に及んで、A君は恐怖を覚えた。

「いや、それこそ偶然だって言えば偶然ですよ、何もかも。だけどこれ全部、一か月かそこらの話ですよ？　怪談話を書き始めてからですからね。そんで、それがどうやら俺以外の人間にも何らかの影響を及ぼしているのかも知れないって……」

それで彼は、怪談の執筆を止めたのだそうだ。

「元のスタンスで心霊スポット巡りをすることにしたんです、妙な話は集めずに」

「え？　でもスポット巡りは止めないの？」

「はい、心霊スポット巡りは逆に体調良くなりますから」

「どういうこと？」

「いや、彼女が事故に遭って以来どうにも気分が落ち込んでしまったんで、久しぶりにお気に入りのスポットに行ってきたんですよ。そしたらスッと肩の重みが抜けて」

左腕の冷えすらも、全く感じなくなったのだという。

「だから、もう文章で記録するとかっていうことは止めて、純粋にスポットに身を任せる方向で行くことに決めたんです」

「……」

「小田さん、幽霊とか信じてないでしょ？　ああ、いいですいいです、そんな顔までして答えなくていいです。いやね、俺は自分で書いてみて思ったんですよ『幽霊なんて信じてたら怪談話なんて書けないな』って。だってそうでしょう？　誰が死んだとか祟られたとかそんな話ばっかり書いてる人間が幽霊なんて信じてたら、そもそもそんなもん書けないでしょ？　どう考えても真っ先に祟られるんですから。俺はね、幽霊信じてるんですよ、いて欲しいなって思ってるんですよ、だからスポット巡りをするんです、いつか見れると思って」

「今回の君の体験は、私の基準では十分霊現象の範疇《はんちゅう》なんだけど……」

「いや、霊現象と、幽霊そのものは違うでしょ。だって今回、俺は幽霊見てないですし。嫌な偶然が被ったなってのは思いましたけどね、それが怖いなとも。今回のこれが霊現象なら本当に辞めてよかったです、霊現象って、多分幽霊とは全然別なところで起きてくるもんなんじゃないですかね」

帰り際、A君が言う。

「ああ、言い忘れてました、前の本読みましたよ、本当に前歯折れてるんですね」

私の前歯は差し歯になっていて、いくら歯医者に通っても、何故かポロポロと取れる。

この日は、差し歯が取れたままの取材となっていた。

「幽霊、信じた方が良いですよ、そうじゃないと信じるまでヤラれますよ、ははは」

私は、全く笑えなかった。

貼り紙

夕方、Uさんが仕事から帰って来るとアパートのドアに「おマエ　カゼひく　明日」という電報のようなメッセージが貼り付けてあった。

果たして次の日、Uさんは三十八度の熱と喉の痛みを覚え、会社を休んだ。

午後に病院へ行き、薬を貰って帰って来ると、今度は「ごミン」という貼り紙。

いったん部屋に入り再び外に出、貼り紙に赤ペンで×印をつけてそのままにしておくと、翌朝には「ごめん」と書き直された貼り紙に変わっていた。

最初の二枚は明らかに子供の字、貼り直された紙のそれは達筆な大人の字だったそうだ。

坊主顔

Fさんは幼い頃からお坊さんにモテた。

「俺が覚えてない頃からそうだったみたい。うちの親が赤ん坊だった俺を連れて買い物か何かをしてると、坊主頭のオッサンが来て『この子は将来、僧籍《そうせき》に入れた方がよい』とかって急に言われたりしたんだって」

その後、成長するにつれ、彼自身に声がかけられるようになる。

「宗派とかは多分関係ないんじゃないかなと思うんだ、街でバッタリってパターンもあったし、誰かの葬儀の時に後ろから声をかけられたこともあった」

言い方はそれぞれ違っていたようだが内容はいつも同じ。

「坊さんになれっていうんだよな、俺は一般の家庭に生まれた一般の子供で、普通に考えて坊主になんてなるわけないだろ、そんなこと常識的にわかるようなもんだと思うんだけど」

三十歳を過ぎた現在でも、時々、見ず知らずの人間に声をかけられ、僧侶になることを勧められることがあるという。

「一度聞いたことがあるんだよ『よく言われるんですけど、何でなんですか?』って、そしたらさ『貴方は僧侶として完璧な顔をしている』なんて言われて、何のことやら」

しかし、Fさん自身は全くその気がないどころか、僧侶にだけは絶対になるまいと決めているのだそうだ。

それには原因がある。

「いやさ、俺はホラ、中学校は野球部だったから」

坊主頭を強制されるような年代では無かったが、それでも部の先輩は殆どが坊主頭であり、無言の圧力のようなものを感じた彼もまた、坊主頭にした。

「その頃にさ、街を歩いてると色んな人に頭を下げられるわけ」

正直なところ薄気味悪かったとFさんはいう。

「誰かと間違えられてるんじゃないかと思ってさ、そうだとしたら別にその気はないのに誰か別人に成りすましていることになるんじゃないかって」

トラブルの原因になるのではないかと気が気ではなかった。

それにしても、いくら徳の高い顔をしていようが、坊主頭にしただけの中学生にいちいち頭を下げるものだろうか、そもそも誰かに間違えられているというのなら、彼と同年代の人間（しかも近隣の街に住んでいる）で街を歩くたびに誰かに頭を下げられるような人物が他に居なければならない、それはそれで考え難い。

「うん、その疑問はもっともだ」

彼はそう言うと、両手を胸の前でダラリと下げ「これだったんだと思う」と言う。

おどけたように幽霊のポーズをしたままニヤニヤとしている。

「俺はさ、あの当時、頭を下げられたら一応こっちも頭下げるようにしてたんだよ、部の方針として誰彼構わず元気に挨拶みたいなことも言われてたし」

ある日、友人数人と一緒に下校していると、いつものように見ず知らずの人が通りすがりにペコリと頭を下げてきた。

「まぁ、普段通り『どうも』って頭さげたんだけど」

一緒に歩いていた友人達が不思議そうに彼を見ている。

「なにやってんの？って聞いて来るから、今あの人に頭下げられただろって振り返ったんだ」

つい今しがたの出来事のはずなのに、振り返った先には誰も居ない。

「アレ？　今、確かにすれ違ったはずだって」

友人連中は、そんな人間はいなかったと口を揃えた。

「じゃあ、今のなんだよと」

それまでは当たり前のようにすれ違いざまに頭を下げていたが、その一件以来、Ｆさんは身構えるようになった。

「おいおい、もしかしてって」

頭を下げられれば一応こちらも頭を下げるが、振り返ると誰も居ない。

やはり、そのパターンが当たり前のようになった。

「ほんの一瞬の出来事なんだよ、意識の外側をつかれるっていうか、目の端の方で頭を下げられるっていうか、言葉に表し難いんだけどもさ、気が付けば俺も頭下げてて、下げてから『ああ』って思うんだ毎回」

頭を下げてくる人と、そのまま通り過ぎる人には一見何の違いも無かったと語る。

「野球部だった間は我慢して坊主頭続けてたけど、引退してからは一回も坊主になったことはないよ」

完璧な坊主顔の人間が、本当に坊主頭にした結果がソレってわけ、と彼は笑う。

「だからさ、まかり間違って俺が坊さんになんてなってたら、それこそ毎日のようにそういう人達の相手をしなきゃならないわけだろ？　考えられない」

そう言って小刻みに首を振るFさんだが、その顔に何の恐怖心も浮かんでいないところに何やら徳の高さのようなものを感じた。

その光景

二〇〇五年の事、ある日曜日、早朝。

「私、日曜日は早起きだったから、五時から六時の間ぐらいだと思うんだけど、二階の自分の部屋の窓辺に座ってご近所を見下ろしてたの。そしたらね、ちょうど家の前の道をこう、歩いて来たのよ、全裸のおじさんが、四つん這いになって」

それは、単なる全裸のおじさんではないのか、私が笑いながら告げると、彼女は「真剣に聞いて！」と、顔を強張《こわば》らせている。詫びて、続きを促す。

「それでね、同じようなおじさんが他に二人いて、計三人が同じように四つん這いで道路をウロウロしていたんです」

驚いたEさんはその場に屈み込み、窓から顔だけを覗かせ、様子を見た。

「何かを探すようにして、地面に顔を近づけながら、まるで道路の匂いを嗅ぐみたいにして行ったり来たり」

日曜の早朝とはいえ、もしかすると誰かが通りがかってしまうかもしれない、その時に何が起こるのか、不安でたまらなかった。

「そしたらその内の一人が電柱の影から何かを引っ張り出してきて」

それは、白い布のように見えた。

「私も、最初は何だかわからなくて」

三人は四つん這いのまま、ひっぱり出して来た白い布を、必死の形相で奪い合う。

「もうね、その様子を見てこれは絶対に人間じゃないなって、まるで犬のように顔をぶつけ合って口でその布を引っ張り合ってるの」

手足があるのにそれを全く使わず、顔からとびかかっては布に噛みつく。

吠えこそしないものの、動きだけを見れば完全に犬だった。

「こう、肩甲骨《けんこうこつ》の所と、太腿《ふともも》の付け根、股関節《こかんせつ》？　の所がボコッと盛り上がってて、腕も足も脱臼《だっきゅう》でもしているみたいに」

すると、二人が布の両端に噛みつき、引っ張り合いをし始めた。

残りの一人は様子を見守るかのように動きを止めている。

「その時に初めてわかったの、あの白い布、三角巾だって」

掃除に使う三角巾というよりは、死者の額に付ける方の三角巾のようだった。

「お互いが譲らないで両端を引っ張り合っているから、その三角巾が破けちゃって」

あ、と思ったその時だった。

「リンリンリンリンってすごく澄んだような音が聞こえて、黄色い色の、物凄く太ったおじさんが普通に歩いてきたの、この人は褌《ふんどし》みたいなのを付けてたけど上半身は裸で」

黄色いおじさんは、三人を見下ろすようにして立ち止まっている。

「無表情で見つめているんだけど、さっきまであんなに動き回ってた三人が、それを見て怯えたように縮こまってしまって」

そのまま、四人ともどんどん小さくなって、その場から消えてしまったのだそうだ。

「私、当然だけどその出来事を忘れられなくってね、それから何年かして、ある霊能者の人にそのことを話したの」

霊能者は、笑うでもなく話を聞いた後で言った。

『あなた、このままだと地獄におちるから、今からどんなことでもいいから善行を積みなさい、あなたの見たそれは、地獄の光景です』

「私、怖くなっちゃって」

あの朝以降、Eさんはリンリンリンという、清らかな鈴の音を何度も聞いていた。

「地獄が近いからだって」

何か、心当たりがあるのかと訊ねると、彼女は黙って頷く。

「最近知り合ったお坊さんにこのことを話したら、その見たものを包み隠さず色々な人に語ってあげなさいって、周りの人が信じてくれないような話であっても、諦めずにそれを語っていくことが修行になるからって言われて」

今回、話してくれたのだという。

ザールの標本

当時、Sさんは看護学生として病院に勤務していた。

「学生って言っても一応、准《じゅん》看護師の資格はあったから、正看護師になるための学校に通っていたの、三年制の夜間部」

昼間は病院で勤務し、学校へは夕方から通う。そんな生活を三年間続けるのだそうだ。

「慣れれば特に問題は無いんだけど、慣れるまでが大変よ、生活のリズムなんてガタガタになるし、時間の感覚も、曜日の感覚もおかしくなっちゃうから」

よって、続かない人間はすぐに辞めてしまう。

「病院側もそれを承知で雇っているフシがあって、毎年、結構な数の学生を採用するの。だけどその中で卒業まで勤め上げるやつってのはほんの一握り」

その年も、准看護士になりたての学生が何人も病院に採用され、二年生だったSさんは、一年生の教育係となった。

「三年生になると昼間に学校の実習が始まるから、勤務は殆ど夜勤になっちゃうのね、だから昼間のうちは二年生が一年生を指導する形になるわけ」

指導と言っても、医療処置に関してのものではなく、器具の洗浄や滅菌、診療の準備など雑用に関してのものが殆ど、しかしそれらの業務が膨大《ぼうだい》にあるのだという。

「だからもう大変、教えた事をしっかり覚えてくれないと困るから、こっちもキツい感じの指導になっちゃうしさ。結果的に後輩には疎まれるわ、先輩にはドヤされるわで……」

新人の中に、Fさんという女の子が居た。

「一生懸命なんだけど、物覚えの悪い娘でね、事あるごとに『すみませんすみません』って謝っちゃうようなタイプ。まぁやる気はあったし頑張ってたから、私は気に入っていたんだけれどね」

そのFさんが、妙なことを言いはじめたのは彼女が勤務を始めて数か月、夏の終わりの頃であった。

「『中国かどこかの人が入院してますか？』って言うのね」

今なら地方都市であっても、中国人は珍しく無い。

しかし当時は、中国人など町で見かけることも少なかった。

「だからアタシ訊いたの、何で？　って」

Fさんは『勤務中に中国語のような声が聞こえる』とSさんに訴えた。

「ああ、これちょっとストレスかけすぎちゃったかなって」

看護の仕事に憧れはあるものの、実際にそれをやってみると想像と現実のギャップについていけず、そのストレスに耐えかねて心身の不調を訴える学生はたまにいるのだそうだ。

「あるいは、辞めたいけど親とか学校の手前言い出せないから、察して欲しくてそういうこと言い出す子もいるよ」

しかし、Sさんが見る限り、Fさんは後者のタイプではなかった。

「仕事には集中してたし、できないなりにしっかり勉強もしていたから、多分わざとそんな素《す》っ頓狂《とんきょう》なこと言い出したわけじゃないんだろうなってのは思った」

Fさんは「仕事中、たびたび中国語みたいな声が聞こえ、怖くなることがある」と言う。

もちろん、中国語などわかるはずもないのでその声が何を喋っているのか理解できず、誰に相談したものか考えた末のことであったそうだ。

「ずっと同じことを繰り返し言ってくるんだって、もにゃもにゃって」

一応、指導係としては、後輩の様子がおかしくなった場合は師長に報告することが義務付けられていた。

「でもね、そのパターンだと皆辞めちゃうのよ、居辛くなって」

病院で働いている看護師は、新人の頃には大なり小なり同じようなストレスを抱え、それを何とか乗り越えて仕事を続けている人たちである、故に最初の数か月でボロがでるような人間は、同情と共に突き放すことがままある、とSさん。

「資格を取っても、仕事を続けられるかどうかは別だからね。だからストレスに耐性のないタイプの子は、頑張って続けても報われないことの方が多いの。だったら若いうちにこっちの道は諦めて、他の道を探せばって。冷たいようだけど私もそれが一番だと思ってる」

しかしその時は、Sさんもまだ学生。

「もう少し様子見ようって、思っちゃったのよ……」

それから、Fさんは明らかに調子を崩していった。

「ケアレスミスが増えて、毎日のように報告書書いてたわ、インシデント※の」

――これは、ちょっとマズいかも知れない。

そう思い始めたある日の勤務中、彼女は先輩に呼び出された。

「Fがいないっていうのね、その上、頼んだ仕事が終わってないって」

Sさんは病院中を探し回った。

下駄箱には、彼女の靴が残っている。

であれば、まだ病院の中にいるはずだ。

「病棟にも外来にもいなくって」

気が付けば手術室の前まで来ていた。

「もうその頃は殆ど使われてなかったの、先生も高齢になってオペが必要な患者さんは他の病院に紹介するっていう形が殆どだったから」

簡単な手術が週に一件あるかないか、それ以外は、毎日の朝と夕方に機械類を滅菌するためだけの場所となっていた。

「だからザール付きの看護師とかもいなくってね」

その時間は、手術室には誰もいないハズだった。

※インシデント：危機になり得るまたは引き起こし得る状況。

「隠れるにはもってこいの場所だなって」

中に入ると、すべての照明が落されており真っ暗。

「でもね、声が聞こえて来て」

聞けば、それはFさんの声。

「真っ暗なザール※の、医者先生用の待機室から聞こえて来てた」

Fさんは、誰かと喋っているようで、時々『うん、うん』と頷きを返している。

「何やってんのって」

照明を点け、待機室に乗り込む。

――ちょっとアンタ！

目に入ったのは、骨格標本の手を握り、俯きがちに頷くFさんの姿。

勢い込んで入って行ったSさんに驚きもせず「先輩、この方でしたぁ」と標本を見やる彼女。

「あのさ、歪んだ笑顔って見た事ある？　どういう感情がそこにあるのか全くわからない泣き笑いみたいな顔で、それでも口角だけは上がってるっていう」

※ザール：東北地方の医療現場では手術室をこう呼ぶことが多い。

異様な光景だった。

歪《いびつ》に笑みを作るFさんと、彼女に手を握られている骨格標本。

「何やってるの！」

あまりの状況に怖気づいた自分を鼓舞するように、Sさんは大声で叫んだ。

——え？

途端にFさんの顔から笑みが消え、ポロポロと涙が溢れ出す。

「何？　なんなの？」

Sさんは立ち竦《すく》んだまま、そう言うのが精一杯。

——この人が、国に帰りたいって。

泣きながらも骨格標本からは手を離さず、そう呟くFさん。

「もう、どうしようもないから、師長に報告して」

すべては内密に処理された。

「要はさ、学生が勤め先の病院で狂ったなんて噂が流れたら、次の年に誰も入って来なくなるじゃない？　そんなに激務なのかって思われちゃったらさ」

Ｓさんも、固く口止めをされた。

「まぁもう二十年近く前の事だからね、時効でしょ」

その骨格標本は、何だったのか？

「それがね、暫く後で大学から来る先生に訊いたんだけど、どうも本物だったらしいの。当時からしてもう何十年も昔からあったものみたいで……。普段は布に覆われてて、医者以外は立ち入らない場所に保管されてたから、私もその時に初めて存在を知ったんだけどね……。普通はインドか、中国なんだって、骨格標本の輸出元って」

もう死んでる

Cさんは二十数年前、いわゆる悪徳商法の類を行うグループに属しており、地方を回っては高額な値段で布団を売りさばいていたそうだ。

「うちらは講習販売って名目で活動してた。でも内実は、まぁその後に催眠商法だのハイハイ商法だのって言われるようになるアレな」

彼らのグループは地方の農村地帯を回って営業を行っていた。

「農業やってる年寄りを狙って営業かけんのよ、農繁期が過ぎたぐらいの時期に『これこれこういうモノを皆さんにご紹介したいんですが』なんて言って家に上がってさ、上手い具合に言い含めてその家の座敷を借りちゃう。そんで『できればご近所の皆様にも～』って、その座敷にその辺の年寄りを集めてもらうわけ」

老人ネットワークの力は強烈で、引きの強い家の場合だと三十分もしないうちに二、三十人ぐらいの老人が集まった。

「農家の座敷は広いからな、無理矢理詰めれば良い具合に熱気を帯びるんだ」

状況を見つつ、安い小物を無料で配り始めると場は異様に盛り上がり始める。

「なんだっけな、リンゴを押し切って何分割にできますよっていうカッターとか、卵並べてお湯入れると温泉卵ができますなんていうポットとか、一見便利なようで下らねえ生活雑貨をポンポン配ってやんのよ、ホラこんな便利！　って実演した後で『欲しい人！』っていうと皆バンバン手ぇ上げてな、餌に集る鯉みたいに」

最初は無料で餌をまき、その熱気を保ったまま、布団を売りつける。

「無料で配る雑貨なんてゴミみてえなもんで、二束三文で仕入れてた。布団が一組で三、四十万って所だったんで、まぁその場で三人程度にはければ上等ってところ」

それ程の値段であっても、まだ大分良心的な価格設定だったとCさんは言う。

「あんまり高く売りつけて面倒なことになっても困るしな、ちょっと我慢すれば賄える程度の値段でローン組ませて、とんずらってのが後腐《あとくさ》れないんだよ」

息子夫婦がいる兼業農家の場合などは、日中は仕事で留守にしている彼らの帰宅後に問題になることがあるため、家計全体の負担にならない価格が良いのだという。

「農家の年寄りは自分で収入があるから、息子夫婦の生活費とは別な会計を持ってんだよな、若夫婦が帰って来た後で、何でこんなモン買ってんだってなっても、自分たちで支払うからいいでしょってなればこっちのもんだ」

その状況を予測した上で、あらかじめ色々な言い分を吹き込んでおく。

「息子と喧嘩するぐらいでちょうどいいってわけ。息子が『勝手にしろ馬鹿野郎』ってなれば、年寄りも意地になって支払うから」

そんな彼が、アコギな商売から足を洗うキッカケになった出来事がある。

「あん時はたまたま入った家がその地区の会長かなんかで、都合よく地区の集会場を貸してもらえたんだわ」

集会場の場合は、個人宅の座敷を借りている時とは違い、販売中に家族が帰って来てトラブルになるようなこともないため、比較的気が楽だったとCさんは言う。

「まあ逆にオープンだから、不審に思った近所の住人にダイレクトに警察に通報されるって場合もあるにはあったけどな」

個人宅の場合は、家主の顔もあるため滅多に警察に通報されることはないのだそうだ。

「一長一短ってとこだな。だからその日は、とっとと盛り上げて売り抜けちまおうって話してたんだ」

集会場に集まったのは近隣に住む老人ばかり十五人程。

「ちょっと盛り上がりには欠ける人数だけど、まぁ大丈夫だろって」

人数が少ない時には、雑貨よりも食べ物を配る。

「菓子パンとか、年寄りの好きそうな菓子とかな、そんでそれを食わせてしまうわけだ。そうすると日本人ってのは律儀だから、俺らなんかにも恩義を感じるわけ」

決め手は、卵だった。

「コイツはもうひと押しで行けるなっていう感触の年寄りには、パックに入った卵を渡すんだ、もちろん仕込みのあるやつ」

最初から割っておいた卵を、渡す直前に相手の動きに合わせてわざとぶつけ、あたかも相手に悪いことをしたかのように思わせ、プレッシャーをかける。

「自分で割ったと思い込ませるんだ、場の後半で布団の話を始めた時に何かおかしいなって思っても、割れた卵は雑貨と違って返品し難いからな、悪いと思った分だけ購入する率が上がる」

その日も、老人たちに菓子を配り、笑いを取りながら徐々に場を盛り上げていった。

その中に、気になる人物がいた。

「一番後ろなんだけど、ぼやっとしてる婆さんがいてさ、こっちのアクションに何の反応も示さないんだ」

十五人程度の人数だと、ノリの悪い老人が一人いるだけで致命傷になることもある。

「俺らは場を作ってナンボの商売だったから、そういう年寄りがいるって事自体がマズいんだよ、一人の年寄りの冷え具合が他の年寄りに伝播して最終的にダメになるっていう、悪い流れの起点になっちまう可能性がある」

そのため、Cさんはその老婆に向けてアクションを始めた。

だが――。

「それ以外の年寄りがポカーンとしてんのよ」

呆気にとられたような顔で、Cさんを見つめてくる老人たち。

先ほどまでの盛り上げが無効になるほどの引き具合。

「ああ、こりゃやべえなって」

何とか熱気を取り戻そうと、その老人に歩み寄る。

『いやいや奥さん！　ごめんなさい！　後ろの方で寂しかったでしょう！』

満面の笑みを作って近寄る。

老人たちがザワつきながらCさんを見やる。

「いい具合に注目が集まってると思ったんだが」

彼の目論見《もくろみ》は見当外れだった。

『ねぇ奥さん、この――』

――佐藤さんはもう死んでる！

声が響いた。

誰が叫んだのか、Cさんにはわからない。

それどころではなかったからだ。

「目の前の婆さんがさ、その声とともに消えたんだよ」

驚き、飛び退《の》く。

その様子を、黙って見つめる老人達。

「もうその日はダメよ、何よりも俺がダメになった」

仕方なく、手持ちの雑貨を配ると「また来ますんで」と集会場を後にした。

「俺が飛び退いた瞬間にこっち見てた連中の目な、据わってたんだよ」

以降は、老人はおろか、知人とすらも暫《しばら》くは口がきけなくなった。

「人騙す商売してんのにな、自分で自分に騙された……あんなもん見ちまって」

Cさんに声をかけられた『佐藤さん』は、消える瞬間に笑っていたという。

「嬉しそうに笑ってたぜ、薄気味悪《わり》ぃ」

吐き出すように言って、通りを指さす。

「アレとアレとアレな、もう死んでる」

流れる人ごみの中、誰のことを言っているのかわからない。

「嘘だよ、騙されんなよ」


Cさんは現在、霊能者として活動している。

知らせ

Oさんはその日、いつもの面子《めんつ》を集めて麻雀《マージャン》を始めたのだそうだ。

すると、一局目から、対面にいるWさんの様子がおかしい。

「しきりに首を捻ってるんだよな、配牌《はいぱい》が悪いのかと思って」

その局はWさんがロン牌を振り込んだ。


二局目、やはりWさんの様子がおかしい。

「さっきよりもソワソワしてて」

しかし、間もなく流局と言う段階で、またしてもWさんが振り込む。

いつもは多弁な彼が、押し黙っている。

「見え見えの待ちだったんだけど……黙ってる様子も含めておかしかった」

三局目の早々から、Wさんはしきりに携帯電話を気にし始めた。

「着信があったようには見えなかったから、どこかに電話でもするつもりなのかなって」

負けが込みそうな雰囲気の日は、酷い状態になる前に布石を打っておく。

「カモられる前に『ちょっと用事が』って、いつでも言えるように演出しとくんだわ」

もう何年も同じ面子でばかり対局している、それぞれの癖や、様々な局面での打ち筋などは互いが了承済みである。

「初っ端から二回連続で振り込んでっから、今日はツキがないとでも考えたんだろうと」

今日は早く解散することになるかもなと、Oさんは思った。

「誰かの負けが込むとさ、場の雰囲気も悪くなるから」

麻雀仲間を続けるためには、ある程度メンバーの実力が揃っていなければならない。

「調子はその日によって変わるからね、誰か一人が物凄く凹《へこ》みそうな日は長くは打たないんだ。そういう気づかいができる者同士が集まったからこそ、俺らは長く続いてるわけよ」

ここでもWさんが振り込んで、三連続の放銃（振り込み）。

四局目、Wさんが親である。

「汗かいてさ、もう完全に具合悪そうなんだよ」

大丈夫かよ？　とOさんは彼の様子を伺っていた。

Wさんは、手配を開ける仕草をした後ですぐにふせ「スマン、帰る」と一言。

まだ始まったばかりじゃないかと他の二人が難色を示したが、Oさんは許可した。

「だってさ、真っ青な顔してるんだもの」

スマンスマンと頭を下げ、そそくさと帰っていくWさん。

Oさんが何か不吉なものを感じ、後姿を見送っていると『おい』という声。

振り向けば、他の二人がWさんの手配を見つめている。

「国士無双《コクシムソウ》……アガってんの天和《テンホー》で」

ダブル役満である。

残された三人で顔を見合わせると、皆が自然に手を合わせ、牌を拝んだ。

「崩すのもおっかなかった、全自動の雀卓でだよ？　積み込みましたってんならまだしもさ。俺らにしてみたら普通は死ぬまで毎日打っても出ないよ、あんな役」

その日はそのまま解散となった。

帰りがけ、Wさんの事が気がかりだったOさんは、彼に電話をかける。

だが、出ない。

「嫌な感じだったよね、あんな嫌な感じは初めてだった」

翌日、Wさんからの着信。

「家に帰ったら奥さんが苦しんでて、そのまま救急車呼んだって」

幸いなことに一命は取り留めたそうだ。

暫くして、Wさんの奥さんもすっかり良くなった頃。

あの日以来の、麻雀。

「Wが言うには、一局目の配牌時点で役満が一向聴《イーシャンテン》だったんだと。その時に線香の匂いがしたって」

続く二局目、三局目も、同じく役満を張るまであと一牌という配牌。

どんどん濃厚になっていく線香の香り。

「ほんで、自分の親番で牌開けようとしたら、念仏が聞こえたらしい」

そのため、Wさんはあの時に自分がどんな手牌だったのかを認識していなかったそうだ。

「だから『国士無双…… 天和だったよ』って言ったら、泣き出してさ」

麻雀についてあまり詳しくない私は、Oさんに国士無双・天和という役が出現する確率を訊ねた。

「とんでもなく、まぁ殆ど有り得ないような数字だろうよ。計算するのも馬鹿馬鹿しいぐらいの」

あの時ぐらい怖かったことはないな、とOさんは語った。

お祖父ちゃんと刀

山伏《やまぶし》？　ってあの修験道《しゅげんどう》とかの？

「そう、その山伏。もともとは隣県の山かどこかに居たらしいんだけど、それが今の私の家のある場所にやってきてお寺を開いたんだって。そのお寺っていうのもどうやら今で言うところの『お寺』っていうのともまた違った感じのものだったみたいで、ハッキリはわからないんだけどね。明治の頃に大火事にあって燃えちゃって、記録みたいなものは残ってないから」

それで、じゃあその刀っていうのは？

「その山伏が使ってた刀なんだって、お祖父ちゃんが言ってた。火事で燃え残ったのはその刀と本尊だった不動明王《ふどうみょうおう》？　だったかな、の木像だけだったらしいの。それで、お寺が無くなってもそのまま土地に居ついて、その子孫が私たちってこと」

で、それとお祖父さんの自殺と、どう関係があるの？

「や、ちょっと待って、順繰りに話さないと私も混乱しちゃうから。火事の後に不動明王だかの像は近くの別なお寺に寄進して、うん、今でもあるの。で、刀の方は私の家の家宝的な存在として扱われるようになったわけ」

なるほど、それで？

「うん、それでね、どうもその刀っていうのが祟り？　っていうのかな、それともちょっと違うと思うんだけど、まぁ結論から言うと、うちのお祖父ちゃんとお父さんには大きな痣《あざ》があるのね」

ん？　ちょっと待って、わからない。

「だから、その家宝の刀っていうのが、家の長男に必ず痣を残すんだって言うの。お祖父ちゃんの場合は、この左の顎《あご》の所から胸の辺りまで下に真っ直ぐ一直線に長い痣。お父さんは左の肩のあたりからこっちの肋骨のあたりまで斜めに、袈裟《けさ》切《ぎ》り？　になってるの」

それは、怪我したとかじゃなくてそうなの？

「自然に出てくるんだって、お祖父ちゃんもお父さんも、十五歳ぐらいから少しずつそれっぽいのが浮き出て来て、一八歳ぐらいまでの間に完全な痣になったって言ってた。それが家長の証で、一家の大黒柱としてご先祖様に認められた証拠なんだって小さい頃にお父さんには言われてたんだ」

はぁぁ、それまたスゴイ話だね。

「で、さっきも言ったけど、それっていうのがどうやらその刀によるものだっていうのは先祖代々伝わってきてて、私の曾《ひい》お祖父ちゃんも、曾々お祖父ちゃんもそうだったらしいのね」

痣があったってこと？

「そう、曾お祖父ちゃんって私は会ったことないんだけど、その曾お祖父ちゃんは顔にあったんだって、痣。こう横に払われたみたいなのが下顎から右のほっぺたにかけて」

写真とかないの？

「それがねえ、曾お祖父ちゃんはその痣のことすごく気にしてたみたいで、写真に撮られるのも嫌がってたって、だから遺影もないの、位牌だけ」

ほうほう、それで……？

「つまりさ、その『長男にできる痣』っていうのは、場所を選ばないわけなんだよ、皆それぞれ、その時々によって体のどこかに痣ができるっていう。だからね、私は妹が一人いるんだけど姉妹なのよ、長男がいないの」

ああ、はいはいはい。

「わかった？　だからさ、お祖父ちゃんが酷く気にしてたの、私が小さい頃から」

つまり、顔に痣ができるかも知れないと？

「そう、まあ顔に限らず、女の体に大きな痣があったらやっぱりね…… それでお父さんとお母さんには、早く男孫つくれって煩《うるさ》く迫ってたらしいの、でもこればっかりは授かりものだから、結果的に私の代には私と妹の女二人しか子供は生まれなかったのよ」

でも、無いじゃない? 痣。

「見たように言わないで、まぁないんだけどね」

女だったからってこと?

「あー、うーん、どうなんだろう、つまりそこに関わってくるんだよね、お祖父ちゃん」

自殺なさったっていうのが?

「うん…… お祖父ちゃんは私に痣ができるかもってのをずっと気にしてたっていうのはさっき言ったけど、それだけはどうしても避けたかったみたいなの。私のことすごく可愛がってくれてたし、こんな可愛い孫に痣なんかできたら大変だって」

うんうん。

「それで、言い伝えによればさ、痣は刀が原因ってことになってるから、だからその刀をどうにかすれば、痣はできないかもっていう考えになっていったんだね、お祖父ちゃん。それで最初は神棚から刀を下して、蔵の中にしまっちゃったの、奉《まつ》ってるから調子に乗るのかもしれないって思ったのかどうかはわかんないけど」

はははは。

「そしたらその日のうちに、ホラここ、この腕の所に痕あるでしょ？　これクラスメイトに切られたの、切られたっていうか、カッターナイフ持ってふざけてたところに、たまま私が通りかかって、ぶつかって」

ええ？

「それで、それを知ったお祖父ちゃんが慌てて刀を神棚に戻してね『すまんかった』って私に謝ってくるのよ、昔の人だから信心深いのはわかるんだけど、いくらなんでも考えすぎでしょってさ、お母さんなんかは呆れてた」

でも、偶然にしてはタイミング良すぎるよね？「お祖父ちゃんと同じタイプの考え方だね。そう、それでお祖父ちゃんは思いつめちゃって」

え？　それで？

「いいから聞いて。それでね、何に思いつめたかっていうと『刀をどうやって始末するか』っていうことについてだったみたいなの、神棚から下したら孫が怪我したってことはさ、それが原因だと考えれば、それ以上のことをした場合にどんな祟りがあるかわからないでしょ？」


あぁ……なるほど。

「それでね、暫《しばら》く何年か色々と調べてたみたいなんだけど、結局はタイムリミットがあるわけよ、お祖父ちゃんもお父さんも十五歳ぐらいから痣が浮き出てきたって話をしたけどさ、その時私は十三歳だったから。誤差みたいなのがあるとすれば、もしかしたらもう出て来てもおかしくない年齢になっちゃってたんだよ」

そのことで、焦ってたと……？

「調べても調べてもそんなのどうしようもないじゃない？　明らかに一般的じゃない問題なんだし、お寺とか神社とかに持って行ったタイミングで、また孫がどうにかなったらと多分考えたんじゃないかと思うの。だから家から外に出さないでどうにかしなくちゃならない必要性に駆られて」

自分で……。

「そう、納屋で首吊ってた。遺書には『遺骨は骨壺に入れないでそのままお墓の土に戻してくれ』っていう事と『納骨の時に必ず刀も一緒に納めてくれ』っていうことが書かれてて」

その通りにしたの？

「うん、お父さんは火葬の時に一緒に燃やしてしまおうって思ってたらしいんだけど、それは火葬場の人に止められたんだって、だから遺言通り、刀はお祖父ちゃんの骨と一緒にお墓の下に安置されてる」

ものすごい話だね……。

「これさ、話そうかどうか迷ったんだけど」

ん？

「今までの話だとさ、結局、お祖父ちゃんが亡くなったのって、究極の勘違いってこともあるじゃない？　痣も何も偶然で、たまたまうちの家系の遺伝子にそういうのが仕込まれてて、それは女には発現しなくて男にだけ発現するとか」

ああ、まぁねえ……。

「だからさ、お祖父ちゃんの名誉のために言うわ」

まだあるの？

「……」

「私ね、十五歳の誕生日に夢を見たの」

「顔の煤《すす》けたような、ほっかむりした男の人たちが何人も居て」

「その人たちにお祖父ちゃん……滅多《めった》切《ぎ》りにされてるの」

「何回も何回も、数えきれないぐらい切りつけられてて」

「私、それを後ろでずっと見てるの」

「お祖父ちゃんが、お祖父ちゃんなのかどうなのかわからなくなるまで、ずっと見てるの」

「だからね、お祖父ちゃんは、本当に私のこと守ってくれてるんだと思うの」

もういない

Dさんの住む家の近所で、首つり自殺があった。

通りに面した二階の窓際、明らかに人目を意識した場所にぶら下がっていたため、最初の発見者は家族ではなく、通りを歩いていたご近所さんだった。

その家の屋内で飼っていた犬が、外にも聞こえるような大声でしきりに吠えているのが聞こえ、何となく異常を察して見上げたところ、発見したのだという。

自殺したのはその家の主人で、もともと何か慢性の病を抱えていたため、それを苦にしての自死だったのではないかと茶飲み話に聞いた。

残されたのは、その家の奥さんと犬一匹。

奥さんは葬儀の段取りもできない程に憔悴《しょうすい》しており、親戚などが力を貸して簡単な葬儀を執り行った後は、家に籠りがちになった。

葬儀が終わって間もなく、自殺した男の幽霊が出るという噂が立った。

その家の二階の窓ぎわに、首を吊った姿のまま現れるらしい。

あの日、警察が来るまでの間、窓際でぶら下がっていた遺体を多数の人間が目撃しており、そのショッキングな光景から連想されたものと考えられた。

馬鹿馬鹿しいと思いつつ、Dさん自身も通りを歩くたびつい見上げてしまう。

家人が気にしてのことなのか、見上げた先には昼間でもカーテンが引かれており、窓際の様子は見えない。

暫《しばら》くして、そのカーテンの内側で、今度は奥さんが首を吊った。

あの日と同じように、犬がけたたましく吠えているのが聞こえ、不審に思った隣人が警察に通報した結果、発見されたそうだ。

家主を失った家は空き家になり、最後に取り残された犬がどうなったのかは誰も知らない。

Dさんはそれから、その家の前を通った際、たびたび犬の鳴き声を聞くことになる。

もう、誰も住んでいないはずの空き家から、哀切な犬の鳴き声が響いて来る。
噂にはしたくないと思い、それが聞こえるたびに、心の中で故人の冥福を祈っていた。
ある日、いつものように通りを歩いていると、けたたましく犬が吠えている。
空き家になった例の家の中から、それは聞こえて来る。
これまでの哀切な調子とは異なり、明らかに何かを威嚇するような声。
見てはダメだと思いつつ、見上げてしまう。
首を吊った男の影が窓際にある。
もうそこには居ない人間の影に向かって、もうそこには居ない犬が吠えている。
「どうなんでしょうか、逆に〝まだいる〟んじゃないでしょうか」
どうなんでしょうか……とDさんは繰り返した。

近辺の山

H君の家は、里山に抱かれた集落の一角にある。

集落の殆《ほとん》ど全員が親戚で、地区全体が家族のようだという。


きっかけは、地区清掃の日の会話。

「今年は誰も沢《さわ》さ上がんねえんだなあ」

〝沢〟とは集落の真ん中を流れる小川で、里山を越えた山奥から流れてくる。よって、彼らは山に入って山菜やキノコなどを採集してくることを〝沢を上る〟と呼んでいるのだそうだ。

前年までは、H君の祖父が〝沢〟を入口にして山の中へ頻繁に出入りしていたが、暮れに大病を患って亡くなっていた。

祖父が季節に添って採ってくる山菜やキノコは、旬のものだけあって味も良く、集落の人々に喜ばれていたため、もうその恩恵に与れないという嘆き交じりの発言だった。

「なあに、お前《め》ぇ入ってくればいいべ」

「だれ、そんな暇ねえ」

〝沢の集落〟の人々は、それぞれが小さな畑を耕す兼業農家として生活している。平日は市内の一般企業で働き、休日になると畑の面倒をみるというサイクルが一般的であるためH君の祖父のように、暇な時間を持て余した年寄りでもない限りは山になど入らない。

『山だって、手入れしねえば荒れでくる』

子供のH君に、お祖父さんはそう言って聞かせていたというが、その時点で既に山に入っていたのは彼一人。

その彼が亡くなったことで、古くから集落の生活を支えてきた里山は、静かに役目を終えようとしていた。

「俺、行ってきますよ」

H君がそう言うと、さっきから益体《やくたい》も無い会話を続けていた二人が顔を見合わせている。

「行ぐつったって、お前ぇ山のごとわがんの？」

「まぁ、何となく、ある程度は」

「簡単に言うげどよ、何あっか知れねぇがら甘ぐ見んなよ」

「ええ、そんなに深くには入りません」

実際、H君は祖父と一緒に、何度も山に入った経験があった。

暇さえあれば山に入っていた祖父に比べれば大雑把《ざっぱ》なものだろうが、どの辺がどうなっているのかも、頭に入っている。

何より病床において『山ぁ見でけろな』と寂しそうに呟いていた祖父の姿が忘れられなかった。

家に帰り、祖父の遺した山歩きの道具を眺めていると、父親が不思議そうに訊ねてきた。

「そんなもん、何に使うんだ？」

祖父とは折り合いが悪く殆ど口も利かなかった父親は、H君が並べている道具を見て不愉快そうな顔をした。

「山さ入ってくる」

父親に告げると「年寄りでもあるまいし、そんなごとしてる暇あんなら嫁でも見っけで来いや」と忌々《いまいま》しそうな返答。

H君もまた、父親のことは好きではない。

何事か呟きながら母屋に向かう彼を尻目に、気を取り直し道具を見る。

使用感はあるものの、刃物類はまだ使えそうだ。

軍手などの消耗品を買い足せば道具の面では問題ないだろう。

次の休日に、沢に入ることを決めた。


山の中は思っていたよりも歩きやすかった。

H君は、祖父と共に歩いた記憶を頼りに、当時のルートをなぞって進む。

パッと見は、鬱蒼《うっそう》と生い茂る草木で前も見えないが、それらを鉈《なた》で軽く払うと、進むべき方向がわかる程度に草木がならされている。

近所の人間にくれてやろうと、目ぼしい山菜やキノコなどを摘みながら、亡くなった祖父のことを思い出していた。

『昔は皆この山の世話になったんだ』

『知らねえ神様に布施するぐれえなら山に酒でもあげねっきゃ』

『人が入んねぐなれば、この辺でも深山と同じよ』

祖父が語ってくれた内容を反芻《はんすう》し、その意味を探るように注意深く歩く。


どれぐらい進んだだろうか、急に開けた場所に出た。

以前この場所で、祖父と昼食をとった記憶がある。

丁度良く地面から顔を出している石に腰かけると、水筒を手に周囲を眺めた。

――帰るか。

時刻は正午に近い、早朝に出発したことを考えれば五時間は山の中にいる。

思えば祖父も、いつもこの辺で引き返していたはずだ。

これ以上はどうやって進んだものかわからない、H君が記憶している限り、祖父のルートはここが終点だった。

今来た道を戻るだけなのであれば、ゆっくり下っても夕方前には家に着く。

藪《やぶ》は随分払ってきたし、山菜類も十分な量が採集できている。

立ち上がって帰り支度を始めていると、尿意を覚えた。

――そう言えば。

不意に思い出す。

――この近辺に、獣道があったはずだ。

その獣道に向かって、祖父は必ず立小便をしていた。

H君も一緒に並んで小便をした覚えがある。

――どこだっけ。

周囲をぐるり見渡すと、それらしき道があった。

『これは熊だの鹿だのの通り道、人間が通ってはダメな道、これ以上は俺らも進まねえがら、お前らもこっちに来んなつって、ホレ、ションベンで縄張りすんだ、犬猫みでえに』

そう言って笑っていた祖父を思い出し、供養代わりにそれに倣《なら》うことにした。

――しかし。

この道は、一体どこまで続いているんだろう。

『こっから先は本物の山だがら、俺らが入って行ぐもんでねえの』

呑気な祖父の声が、頭をよぎった。

――ちょっと、行ってみるか。

日はまだ高くにある、疲れもさほど感じていない。

H君は、大きな荷物と山菜の入った袋を置くと、自分の小便をまたいで獣道に踏み出した。

ちょっとした冷やかしのつもりだった。


思ったよりも、ずっと山深くまで続いている。

熊よけのための鈴を鳴らしつつ、腰からラジオを吊るしてボリュームを上げた。

まだ一時間も歩いていないが、かなり遠くまでやってきたような感覚。

しかし本当に、熊や鹿が作った道なのだろうか？

地面は随分しっかりと踏み慣らされている。

これだけはっきりとした道ができる程に獣の往来が頻繁なのであれば、これ以上進むのは危険なのではないか？　いつ熊やイノシシ等と遭遇するかもわからない。

そんなことを考えはじめると、今更になって急に心細くなってきた。

乱れる心に呼応するかのように風が吹き始める。

見上げれば、木々の隙間から覗く空が暗い。

雨が降ってきそうだった。

——帰ろう。

そう思い来た道を戻り始めると、タ、タ、タ、タッと雨水が葉に当たる音が聞こえ始め、やがてそれは無数の雨粒が弾ける音に変わった。

——参ったな。

H君は、わらわらと山の中を駆けながら、ちょっとマズいなと思った。

これだけの量の雨が降ると沢の水かさが増して容易には越えられなくなる、となれば最悪、山の中で一晩を明かすことすら考えなければならない、それは避けたかった。

しかしもはや豪雨と言ってよい程の大雨になってしまっている現在、沢に下りて行く方が危険にも思える。

とにかく一度、雨のしのげる場所で一息つきたい。

それから今後の展開をしっかり考えたかった。

雨が降っているからだろうか、さっきまで何の気無しに歩いてきた道がやけに険しく感じる。あの開けた場所にまで中々たどりつかない。

置いて来た荷物の中には、雨合羽もしっかり入っていたのに。

腰のラジオは濡れてしまったためか、既に沈黙してしまっている。

後の祭りだということはわかっていたが、心細さと大雨にやられてすっかり委縮してしまったH君は、半分パニックになって獣道を走った。

——こんなに距離があったっけか……。

どうも、距離の感覚がおかしい。

もう、とっくに荷物を置いた場所にたどり着いてもいい頃だった。

——おかしい、おかしい。

訝《いぶか》しみながら尚、急ぐ先に、さっきは気付かなかったものがある。

お堂のような建物。

——おかしい。

こんなものが建っていたのなら、最初にこの道を通った際に気付いたはずだ。

帰り道になって初めて気付くような建物ではない。

——もしかして。

道を間違えた可能性は十分にあった。

大雨に降られぬかるんだ道で、足元だけを気にしながら走って来たのだ。

焦燥に駆られ急いだ途中で、別な獣道に入ってしまったのかも知れない。
——いよいよマズイな。
取りあえずは雨を凌《しの》いで落ち着きたい。
それからでなければ次は考えられない。
ひとまず、あの中に入ってしまえば雨に濡れることはないだろう。
そう考え、建物に近づいて確認してみるが、しかしどこにも入口らしきものがない。
神社かと思っていたが、鐘も無ければさい銭箱も置かれてはいない。
四方が木戸で締め切られ、中がどうなっているのかわからないようになっている。
ただ幸いなことに、床下から地面までは人が潜り込めるぐらいのスペースがあった。
——このままここで雨宿りをして、最悪一泊するということも……。
廻る頭を落ち着けながら、一息ついた時だった。

どどん

最初は、雷かと思ったという。

ドドん

H君からみた天井、つまりお堂の床下が揺れている。

どんどんドンドン

ギシギシと軋《きし》みをあげる床下。

ドンドンドンドン

誰かがお堂の中で太鼓を叩いている。

——何？

動揺し、体を硬直させたまま、H君はその場で動けなくなった。

体の芯に直接響いてくるかのように力強く鳴り続ける和太鼓の音。

雨もまた更にその強さを増し、太鼓の音をかき消さんばかりの勢いで降り続けている。

——逃げよう。

あまりの事態に現実感を無くし、床下から雨の中に飛び出した。

振り向きもせずに獣道に出ると、否が応でもお堂が目に入り込んでくる。

今度は、四方がすべて開け放たれていた。
お堂の中には誰もいないどころか、太鼓すら無い。

ドドドドドドドドドドド

背後から、太鼓の音。
聞こえた瞬間に走り出した。
どちらへ向かっているものか考えている暇はなく、無我夢中で山中を駆ける。
太鼓の音は、どこまでもH君を追ってきた。
音に混じって、自分の名前を呼ぶ声が聞こえる。
――もう、つかまる。
力なくその場に崩れ落ちた、瞬間。
「H!　H!」
ハッとして思わず飛び退いた。
目の前には、何故か父親がいる。

——おおおおお。

獣のような雄たけびがH君の口から洩れる。

パンッ。

頬を平手で打たれ、暫《しばら》く放心した後で、気付いた。

家だった。

「？」

辺りを見回す、見間違えるハズもない自宅の庭。

そのまま、H君は昏倒した。

父親によれば、正午過ぎにぼんやりと家に帰って来たH君は、何事か喋りながら急に玄関の前で小便をしだし、家に上がり込んでしばらくぐったりした後で、急に暴れ出した。

一連の行動を唖然として見守っていた父親だったが、明らかに様子のおかしい息子を羽交い絞めにし、なんとか落ち着かせようとしていたのだそうだ。

H君は言う。

「あの開けた場所は、山のうちでも人の入っていい場所と、そうでない場所の境界だったんじゃないか。爺さんは、随分山に慣れていたからその区別がついていたんだろうね。それを無理に進んだのが間違いだったんだ」

H君は後日、山に置きっぱなしにしてきた祖父の道具を取りに父親ともう一度沢を上った。例の開けた場所まではたどり着いたものの、道具の一式は既にその場にはなく、更にあの日、彼が入って行った獣道も見つけることはできなかった。

「一つ気になることがあってね、爺さんは俺に『人が入らなくなれば、この辺でも深山と同じ』って言ってたんだ、つまり里に近い山であっても人間が手を入れなければ、ああいうワケのわからん魔境になってしまうっていうことなんだろうか」


以上の話を情感たっぷりに話してくれたHさんは、現在四十代の男性である。

今から二十年程前の出来事だそうだ。

沢の集落もいよいよ過疎化が進み、背後の山だけが存在感を増してきているらしい。

この何年か、夜に時々、近場の山から太鼓の音がするという。

笛の音

Uさんは、大学三年生の春休みに友達の実家へ泊りがけで遊びに行った。

その友達、Yさんとは大学に入ってから知り合ったが、毎日のように一緒に過ごし無二の親友のような間柄だったそうだ。

Yさんは、Uさんが実家に遊びに来ることを大層喜んだという。

「Yの実家は、もともと造りの古い家でトイレなんかも外にあったんだって。だから高校の頃とかは友達を呼びたくても恥ずかしくてできなかったって言ってた」

その家を取り壊し、同じ土地に家を新築したのだとYさんは言った。

「だから、生まれて初めて実家に友達を呼べるって、喜んでて」

三月の初め、春先とはいえまだ底冷えのする時期に、UさんはYさんの実家を訪れた。

新築をしたとは聞いていたが、思いの他大きく、立派な造りの家。

「木造の平屋建てなんだけど、敷地の面積が広くって、どこかの料亭みたいな作りでね、建物もずっと奥まで続いているような家でさ、門まであるのよ」

一足先に帰省していたYさんはにこやかな様子で現れ、門前でUさんを迎えた。

予想外のスケールの大きさに驚き、門をくぐるのも躊躇《ちゅうちょ》してしまう。

手入れの施された庭木、玉砂利の敷かれた庭を歩いて母屋に向かった。

「もう緊張しちゃって、この娘ってばお嬢じゃんって」

玄関ではYさんの両親が待ち構えており、待ってましたとばかりにUさんを招き入れる。

「気さくなご両親でね、お父さんはホテルのボーイさんみたいに荷物まで持ってくれて」

滞在の予定は三泊四日、これは楽しく過ごせそうだぞという予感がした。

その日は移動に時間を取られたため、観光などは後日に回して、そのままY家にて夕食をご馳走になった。

地元の食材を使った立派な料理が並ぶ食卓で、大学でのYさんの様子を面白おかしく喋ったUさんは、したたかに酔っ払って気分よく眠りについた。

――深夜。

尿意を催して目覚めた彼女は、隣で眠っているYさんを起こさないようにそろそろと寝室を出た。

「広い家だからさ、トイレも何か所かあるのよ」

寝室のすぐ側にもトイレはあったが、探検のつもりで奥まった所にあるトイレへ向かった。

廊下では、ひとりでに電気が点いて足元を照らす。

そんなY家の造りにいちいち関心しながら長い廊下を進んでいると、ふと気づいた。

「笛の音が聞こえるのね」

細く、伸びやかな笛の音が響いている。

家の風情にぴったりな、上品な音色。

「これはホントに旅館みたいだなって」

ご両親の寝室からだろうか？　ラジオの音でも漏れ出ているのかも知れない。

用を済ませて寝室へ戻っても、まだあの笛が聞こえた。

「酔っぱらってたからね、その日はそのまま寝ちゃったの」

次の日、ゆっくり目を覚ますと既に朝食の支度が整っていた。

「至れり尽くせりって感じで、ちょっと申し訳ないぐらい」

昼間はYさんと一緒に観光名所を廻り、家に戻ったのは夜のこと。

「夕食も外で食べてきたから、この日はYの部屋で色々話をして」

その際、Yさんが気になることを言った。

「同じ敷地内に、お祖母さんが住んでいる離れがあるんだけど、ちょっと認知症が酷いから会うことがあっても相手にしないでねって」

昨日も今日も、お祖母さんの姿は見ていない。

認知症が酷いのであれば、離れに住まわせていて大丈夫なんだろうか？

Uさんはそう考えたが、それぞれ家の事情があるのだろうと、頷いた。


——再び深夜。

「やっぱりね、笛の音が聞こえてきて」

隣ではYさんが静かに寝息を立てている。

昨夜とは異なり、アルコールの入っていない状態で聴くその音色は、どこか蠱惑《こわく》的で淫《いん》靡《び》な雰囲気を感じさせた。

「これはラジオじゃないなって」

あまりにもハッキリと聞こえてくる笛の音色は、耳を澄ませばその息遣いすら捉えることができるような臨場感があった。

Yさんのお父さんかお母さんが吹いているのだろうか？

でも既に日付を跨《また》いでいる時間帯、こんな夜更けに笛の練習でもないだろう。

まどろみながら、考える。

ああ、そうか。

離れに住んでいるという認知症のお祖母さん、彼女であれば、このような行動を取ったとしてもおかしくはない。

「だからわざわざ離れに住まわせているのかなって思ったんだ」

そう納得すると、笛の音色に誘われるように、そのまま眠りに落ちた。

三日目の朝。

目覚めると、何やら外が慌ただしい。

Uさんは自分の布団を畳むと、寝室の外へ出た。

台所の方から、怒鳴《どな》り声が聞こえてくる。

恐る恐る中の様子を伺うと、勝手口を取り囲むようにY一家が集まっている。

その向こうに、老婆が一人。

「ビシッと着物を着てて、髪の毛もしっかり整えてあって」


老婆はしきりに、何かを訴えている。

〝家が傾いてもいいのか〟

〝このままだと出て行ってしまう〟

〝本当に好色者が云々〟

傍から聞いていても意味がわからない、つまり彼女が認知症のお祖母さんということになるのだろう。

〝今すぐ出て行ってもらえ〟

出て行ってもらえ?

もしかして、自分が原因なんだろうか？

Uさんはいてもたってもいられなくなり、知らぬふりで台所に足を踏み出した。

『おはようございまぁす』

あくまで、諍《いさか》いが起きていることなど知らないという体で、ずかずかと前に出る。

慌てて駆け寄ってくるYさん。

『ごめんね、うるさくって……』

『ううん、大丈夫、それより――』

あれが、例のお祖母さん？

そう小声で問うと、Yさんは小さく頷いた。

Uさんの姿を確認した老婆が激昂したように叫ぶ。

『出て行け！　盗人！』

その言葉を受けて、Y父も叫び返す。

横では、困ったようにオロオロとしているY母。

これは思っていたよりも酷い、離れに住まわされるのもわかる気がした。

『ごめんね、本当にごめん』

Yさんが泣き出しそうな表情でそう呟く。

『いいのいいの、大丈夫だよ』


食卓に用意された朝食がすっかり冷めてしまった頃、悶着は収まった。

『本当に、婆さんには困ったもんでね…… 気を悪くしないでねUちゃん』

Y父が申し訳なさそうに頭を下げてくる。

結局、お祖母さんの意向にそう形で、Uさんは予定よりも早くY家を出ることになった。

あんな人間が側に居る状況で、このままUさんに泊まってもらうのはかえって申し訳ないとY家では判断したようだ。

予定に合わなくなったその日の分の宿泊先は、Y父が手配してくれるという。

『いいんです、こちらこそ事情も知らずにお邪魔してしまって』

温め直された朝食が並ぶ、Y家の食卓。

隣では、落ち込んだ様子のYさんが箸に手も付けず俯《うつむ》いている。

話題が途切れなかった初日とは打って変わって、静まり返った空気。

——このままでは、せっかく招待してくれたYが憐れすぎる。

そう思ったUさんは、自ら話題を切り出した。

『そういえば、夜になると綺麗な笛の音が聞こえてきますよね、あれはさっきのお祖母さんが吹いてらっしゃるんですか？』

Uさんとしては、いくらかでも、お祖母さんを肯定的に捉えてあげたかった。

そうすることで、Yさんが抱えてしまった屈託を少しでも和らげられればと考えたのだ。

しかし、その発言を聞いたY家の面々は動きを止めた。

Yさんが、目を見開いてUさんを見つめてくる。

さっきまで低姿勢を貫いていたY父が、険しい表情でY母に何か目配せをしている。

Uさんの発した言葉に、誰も返答を返さない。

『あ、すみません……何か差し出がましいこと訊いちゃって……』

今度はUさんが恐縮し、頭を下げる。

『それ、食べちゃって』

Y母が、何の感情もこもっていないような声でそう告げる。

Y父は舌打ちをしながら勝手口から家を出て行く。

そして食事に手もつけないまま、食卓を後にするYさん。

——え？

全く状況を掴めず、Uさんは困惑してYさんを追った。

『タクシー、呼ぶから』

Yさんは目も合わせずUさんにそう言い放つと『ごめんね』と小さく呟いた。

その後は、Uさんが何を言っても『ごめん』を繰り返すばかり。

「それで、私も腹立ってさ、その日のうちに新幹線に乗って帰って来た」

その時のことを合理的に考えれば考える程、不合理な結論に至るのだと彼女は言う。

「その笛の音って、実はすぐ耳元で鳴ってたんだよ、うん、普通は有り得ないでしょ、だからこそ、あの時は状況そのものを否定していたけど……　不思議と怖いって思わなかったし」

するとーー。

「じゃあ誰が吹いてたのかってことなんだけど、多分その辺に原因があるんじゃないかな、あの朝のこと」

その後、大学でYさんと再会したUさんであったが、以後は殆ど付き合いが無くなった。

「ほんと地味な娘だったんだけど、随分派手な格好するようになっちゃって」

Uさんに敵意をむき出しにするようになったという。

部分

U君は不思議なものを見る。

「人の手とか、足とか、顔とか、そういうの」

全体としての「人体」ではなく、体の「部位」だけ。

「小さい頃に畳んだ布団の間から片腕が出てるのを見たのが最初かな」

妹が悪戯《いたずら》をしているんだと思い、布団に飛び乗ってゴロゴロと寝ころんだ。

「そしたら妹は居なくって、手もいつの間にか消えててね」

その後、思い出したように時々見る。

「学校の天井から生えてる片足とか、地面から半分出てる顔とか」

一度たりとも、完全な人型をしたソレらの姿を見たことが無い。

「なんなんだろうね、視えたところで何かあるわけじゃないんだ」